第三版 スピードマスター
川柳の教科書

堤丁玄坊
Tsutsumi Chougenbo

SENRYU

textbook

新葉館出版

00 はじめに

　「川柳の教科書（初版）」は、著者が公民館で川柳入門講座を開講した際に配布したプリントを基に作成したものです。

　上梓に当たって留意したことは、これまでまったく川柳を作ったことのない方々を念頭に置いて執筆したということです。従って、私なりに基本的な事項は網羅し、市販の「川柳入門書」に準ずる工夫はしたつもりです。

　今回の"第三版"においても留意点に変わりはありませんが、本文の修正、項目やコラムの追加などを行い、より内容を充実させました。しかし、やはり大事な点が抜け落ちてたり、相変わらず不必要なことが書かれているかもしれません。しかし、本書が多くの方々の川柳活動に対する動機付けになれば幸いです。

　前述のように、本書はテキストとして記述したものです。よって、内容はこまめに分割しましたので、小冊子の割には項目だてが多くなっています。また、所々に挿入しました"One Point Lesson"はあくまで補足的な内容ですのでコラム形式を採用しました。多くは項目と直接関係のない独立した内容になっています。テキストとして利用して頂く場合には、講座の回数や時間に合わせて活用して頂ければと思います。なお、必要に応じて項目の最後に川柳作句の習熟と応用を兼ねた実践課題を設けました。川柳講座をお持ちの方の参考になればと思います。

　本書を執筆するに当たって諸先輩の単行本や各方面の川柳機関誌を参考にし、内容を引用させて頂きました。おもな参考文献は最後に記載しております。このような資料があったればこそこのテキストが完成しました。心から深謝致します。

平成30年8月　　著者

Contents もくじ

00 はじめに 3

01 川柳とは何だろう 13
One Point Lesson
時と季節 13

02 川柳は五七五のリズムが大切 14
One Point Lesson
外来語 16
字を選ぶ 16
実践1 15
実践2 15

03 楽しく川柳 17
One Point Lesson
川柳は時代とともに 18
作品は整理しておこう 18

04 好きな川柳を覚えましょう 19
One Point Lesson
いい句は絵になる 21

05 サラリーマン川柳について 22
One Point Lesson
サラリーマン川柳考 25
言葉は表現の手段 25

06 雅号を付けましょう 26

One Point Lesson
時事川柳 27

07 作句の心得 28

One Point Lesson
難解句 29
本歌取り 29

08 川柳を作る 30

One Point Lesson
批判力をつけよう 31
常識の壁 31
擬人法 31
川柳と俳句の表現上の違い 32
切れ字十八文字 32
俳句っぽい川柳、川柳っぽい俳句 32

09 破調句について 33

One Point Lesson
掛詞 (かけことば) 33

10 句跨ぎ(句跨り、胴切り、句渡り) 34

One Point Lesson
比喩 35

11 課題吟(題詠)について 36

One Point Lesson
即吟 41
楽屋落ち 41
字結び 41
実践3 42
実践4 42

12 雑詠（自由吟）について 43

One Point Lesson
リフレイン (Refrain) 43

13 句　会 44

One Point Lesson
○○のような句 49
句の中に対立点をつくる 49
己を笑う、己をいじめる、そして説教するな 50
実践5 50

14 没句にたいする考え方 51

One Point Lesson
没句供養 52
フィクション (Fiction) 52
コンプレックス (Complex) 53
漢字の読み方 53
実践6 54

15 川柳は十七音、一字一句を大切に 55

One Point Lesson
四字熟語 56
推敲 56

16 助詞で句は変わる 57

One Point Lesson
庭を崩して野にする 58
堅い言葉 → 名詞 58

17 新しい視点を見つける 59

One Point Lesson
スランプ (Slump) 62
主体と属性 62

18

川柳の味 63

One Point Lesson

説明句 65
説明句を避ける 65

19

印象吟 66

One Point Lesson

川柳は歌 68
大人と子どもの五七五 68

実践7 67

20

互選と合評 69

One Point Lesson

講 評 69

実践8 73

21

五七五を分解してみよう 74

One Point Lesson

作者と読者 80
下六の押し 80

実践9 80

22

作句のポイント 10 81

One Point Lesson

「選後感」について 85
女性川柳と男の川柳 86
エロチックとエロチシズム (Erotic,Eroticism) 86

23

選者をやってみよう 87

One Point Lesson

当込み 89
鑑賞文を書こう 89

24 七五（五七）調のリズム 90

One Point Lesson

英語で川柳 93

趣味の会の組織運営 95

25 川柳の流れを辿る 96

One Point Lesson

誹（俳）風末摘花 106

十四字詩 106

狂歌・狂句 107

実践10 108

26 川柳用語索引 110

00 あとがき 113

スピードマスター
川柳の教科書
第三版

Lesson 01

川柳とは何だろう

　川柳と聞けば、にやっと笑えるような、きつい皮肉で世相をすぱっと切った俳句のようなものと答える人が多いと思います。間違いではありませんが、これらの要素に加え、もっとお洒落で、じーんと胸に響き、ある時は人間の心を大きく揺さぶる五七五の短詩が川柳です。大木俊秀氏がNHK学園の通信講座「川柳入門」を開設された時の呼びかけで、川柳とは、

- ◈ ズバリ斬る
- ◈ ホロリ泣かせる
- ◈ チクリ刺す
- ◈ ニンマリ笑う
- ◈ ポンと膝打つ

のようなものだと言われています。これこそ「川柳とは何だろう」を端的に言い表した言葉だと思います。リズムが短歌形式（五七五七七）になっていて覚えやすいので是非覚えてください。川柳が作れなくなったときに口ずさむと何かが浮かんでくると思います。

　また、賛否両論ありますが、「川柳は文芸の一分野」だと私は考えています。肩肘を張ることはありませんが、自信と誇りを持って川柳に親しみましょう。そして何よりも生活をより豊かに、より楽しくしようではありませんか。

One Point Lesson

時と季節

　作句するときに注意したい事は時と季節です。例えば、真夏なのに真冬の作品に、八月に除夜の鐘とか忘年会、クリスマスをテーマにした句に接するのは何とも不自然な感じです。時節に合わない作品が出来た場合は、時節が来るまで発表を控え温めておきましょう。作品はタイミングよく発表し、読者へ臨場感を与えたいものです。

Lesson 02

川柳は五七五のリズムが大切

　七五調（五七調）は日本語特有のリズムで、川柳、短歌、俳句、都都逸などのリズムの基本をなしています。なかでも川柳は五七五のリズムを大切にします。そこでまず五七五の数え方を覚えましょう。

　リズムは音で刻まれます。したがって、一音が一字となります。これを音数と言います。五七五はこの音数で数えます。

① 直音（ちょくおん）

かな一字で書き表されます（あ、い、う、え、お、など）。一字が一音となります。

例 サクラ（三音）、調べる（四音）、国（二音）、美しい（五音）、昔話（六音）、仮定（三音）、テキスト（四音）、時計（三音）

② 拗音（ようおん）

ねじれる音で、かな二字で書き表されます（きゃ、しゅ、ちゃ、にゃ、じゃ、ぴゃ、など）。二字で一音となります。

例 拒絶（三音）、お茶（二音）、記者（二音）、趣味（二音）、主張（三音）、しょぼしょぼ（四音）、川柳（四音）、茶店（三音）

③ 撥音（はつおん）

撥ねる音で、「ん」あるいは「ン」で書き表されます。一字が一音となります。

例 新年（四音）、漢字（三音）、運動（四音）、健脚（四音）、タンバリン（五音）、ペンシル（四音）、美術館（五音）

④ 促音（そくおん）

つまる音で、小さな「っ」あるいは「ッ」で書き表されます。一字が一音となります。

例 学校 (四音)、パッション (四音)、嫉妬 (三音)、カット (三音)、六法 (四音)、しょっぱい (四音)、ホットドッグ (六音)

5 **長音 (ちょうおん)**

長く延ばして発音し、「ー」あるいは「う」で書き表されます。
一字が一音となります。

例 仲裁 (四音)、超音波 (五音)、ゴール (三音)、女房 (四音)、トレーナー (五音)、パーマ (三音)、誘惑 (四音)、相談 (四音)

●**実践1**

次の語は何音になりますか。

①アンラッキー　②人形　③フットボール　④キーパンチャー
⑤ハトポッポー　⑥女の一生　⑦淑女　⑧ボーイッシュ　⑨主語述語
⑩直滑降　⑪ピッチャー　⑫チャンピオン　⑬バリュー　⑭真正面
⑮メロディー　⑯いらっしゃい　⑰びっくり　⑱図書館
⑲ディスカッション　⑳バードウォッチング　㉑ジャンケンポン
㉒マザーコンプレックス　㉓ダイエット　㉔逆性セッケン　㉕YMCA　㉖WBC
㉗有給休暇　㉘老若男女　㉙マンツーマン　㉚オフィスオートメーション

●**実践2**

まず川柳をつくってみよう

五七五に言葉を並べて川柳を作ってみましょう。

日頃考えていること、感じていることを句材にしましょう。

最初から上手に作ろうとする必要はありません。素直な気持ちが大事です。駄洒落や下ねた、お説教は感心しませんよ。

外来語

　外来語の音数の数え方でよく例に出される言葉に "ファン" があります。サッカーファンの場合、サ・ッ・カ・ー・ファ・ン、と六音に数える場合と、サ・ッ・カ・ー・フ・ア・ン、と七音に数える場合があります。どちらも正しいと言わざるを得ません。"フィルム" と "フイルム"、"プロフィール" と "プロフィル"、"リクリエーション" と "レクレーション"、いずれも正しいと言えます。ただ、大木俊秀氏は、その外来語を使わなければその作品が成立しないかどうかをよく考えてみる必要がある、と言われています。また、代わりになる日本語があれば出来るだけその日本語を使うことを勧めておられます。

　次に、外来語の短縮形、例えばファクシミリ（Facsimile、伝送写真）をFAXとアルファベット表記するのはどうでしょう。一般に受け入れられているのであれば "可" と思います。かなり知られているが全員が知っているとは限らないDNA（Deoxyribonucleic acid、遺伝子を指すこともある）、ppm（Parts per million、百万分の一）などはどうでしょうか。みんなで考えてみましょう。

字を選ぶ

　日本語の漢字は "絵" の要素を持っています。例えば花のばらを "薔薇"、"ばら"、"バラ" と変えて書いてみると、句の感じが変わります。一人称も "わたくし" "私" "ボク" "僕" "俺" "おれ" "われ" "我" "吾" "小生" と字の使い方で句の印象が違ってきます。また、同音の言葉が多数あるのも日本語の特徴です。例えば「とる」、ひらがなで書けばすべての「とる」に当てはまります。「取る」という字の守備範囲は広いのですが、使ってみて何かぴりっとしないことも多々あります。そこで、いちごを「穫る」、ワラビを「採る」、野兎を「獲る」、事務を「執る」、写真を「撮る」、金目の物を「盗る」、栄養を「摂る」、ビデオを「録る」、政権を「奪る」など書き分けると意味が絞られ実感が伴います。反面、表外訓は趣味的だと嫌われることもあります。どのような字が自分の気持ちを一番表してくれるのか、辞書を見て、句の内容を考えて字を選びましょう。

楽しく川柳

どのような趣味も同じですが、まず楽しく取り組みたいものです。そのためには、

1 まず川柳を作ってみましょう。
何でも自分で作れば喜びと愛着を感じます。創造の喜びです。でも最初から上手な人はいません。継続することが大事です。

2 素敵な川柳に触れましょう。
素敵な川柳に触れると自分もそのような句を作ってみたくなるものです。好きな句に出合ったら、その句を覚えましょう。

3 仲間を作りましょう。
川柳は一人でも作れます。しかし、仲間がいて作品を批評し合い、情報を交換し合うのは楽しいことです。川柳仲間と遊びに行ったり、飲みに行ったりして人生を語るのも楽しいし、これによって視野が広がり、作品にも磨きがかかります。

4 句会には積極的に参加しましょう。
句会には初心者からベテラン作家までいろいろな方が参加しておられますが、みな仲間です。自分の意見を言う方はいても、考えを押し付ける人はいません。家元制のような流儀や流派はありません。しかし、アドバイスは自由に受けられます。先輩らしき人に話し掛けてみましょう。懇切丁寧に教えてくれます。 趣味の仲間には利害関係がありませんので卑屈になる必要はありません。社会人としてのマナーを心掛けていればそれで十分です。

5 川柳会に入会しましょう。
多くの川柳仲間はどこかの川柳会に所属し、自分のホームグラウ

ンドを持っています。○○川柳会とか○○柳社、川柳○○などの川柳結社がきっとあなたの町に、あるいは、隣の町にあると思います。なお、○○川柳会に所属すれば◇◇川柳会には参加できないのでは、と気にされるかも知れませんが、まったく心配ありません。自由に参加してください。

One Point Lesson

川柳は時代とともに

　川柳は人間を詠む文芸です。人間の本質はそれ程変わらないものですが、人間の生活は時代とともに大きく変わります。

　変わらない本質と変化する生活の絡み合いの中で人間は揺れ動きます。私たちはこのような環境の中で見聞を広め、経験を積み、それを題材にして句を作ります。こうして多くの句を作っていくことになる訳ですが、そのうちにだんだん題材の取り上げ方や言葉の使い方に個性が出て、作風が定まってきます。現に社会派川柳作家や生活派川柳作家、詩性派川柳作家、抽象派川柳作家、革新派川柳作家などと言われる方々がいるのも事実です。どのような作風に傾倒するのかは個人の意識の問題ですので他人が口出すことではありませんが、最初から固定的な観念で傾注するのではなく、視野は広く、考え方は柔軟に、何でも受け入れられる心を持って作句されることをお勧めします。

　生活は時代によって、川柳は生活によって変わります。

作品は整理しておこう

　通常、作品は自然に増えてきます。ただ、作句順にノートに書いていけばいいのですが、句数が多くなった場合、まったく同じ句が二回記載されたり、同じ発想の句が繰り返し記載されたりすることに気付かなくなります。また、雑詠などの場合、同じ句を二回、三回と投句する危険性があります。このような事態を避けるためには句を整理しておく必要があります。

　私の場合は、句はパソコンに入れ、その都度アイウエオ順（昇順）に並べ替えをし、その句の最後にどこに投句したかを記入しています。これによって二重投句は避けられますし、雑詠に投句するときも便利です。ついでに作句の年月日を記載しておけば小さな自分史にもなります。

好きな川柳を覚えましょう

　いいなぁーと思った川柳、こんな句を作れたらなぁーと思った川柳は覚えることにしましょう。そして、その川柳の言葉遣いや表現法、できれば作者のテーマの選び方や視点のユニークさを学びましょう。きっと上達が早くなります。

　下記によく知られている川柳をいくつか紹介しましょう。

　　寝ていても団扇の動く親心　　　　　　（古川柳）
　　木枯らしが二つに裂ける鼻の先　　　　（阿部佐保蘭）
　　引き際の美学何にも語らずに　　　　　（北川絢一朗）
　　今にしておもえば母の手内職　　　　　（岸本水府）
　　電熱器にこっと笑うようにつき　　　　（椙元紋太）
　　馬鹿な子はやれずかしこい子はやれず　（小田夢路）
　　子を産まぬ約束で逢う雪しきり　　　　（森中恵美子）
　　アルバムに愛を剥がした跡がある　　　（今川乱魚）
　　貧しさも余りの果ては笑いあい　　　　（吉川雉子郎）
　　盃に散る花びらも酒が好き　　　　　　（大木俊秀）
　　鉄拳の指をほどけば何もなし　　　　　（大嶋濤明）
　　国境を知らぬ草の実こぼれ合い　　　　（井上信子）
　　宝石も愚痴も地上に舞う塵埃　　　　　（麻生葭乃）
　　叱られて寝る子が閉めてゆく襖　　　　（木下愛日）
　　上の子は足だけ母にふれて寝る　　　　（丸山弓削平）

酒の燗きょう一日の愚を溶かす　　　（奥田白虎）

おみくじが大吉と出ただけのこと　　（堀口塊人）

今にして子が膝に居た頃はよし　　　（小出智子）

灯台の夕陽神話を抱きよせる　　　　（尼緑之助）

草の実の春ある土をうたがわず　　　（今井鴨平）

教え子の乳房がふたつずつ笑う　　　（江畑哲男）

あきらめて歩けば月も歩き出し　　　（小林不浪人）

思い出の道は避けたし通りたし　　　（川村芳郎）

ひとすじの春は障子の破れから　　　（三條東洋樹）

株売れと人間ドックから電話　　　　（金泉萬楽）

偉い子はいぬがどの子も親思い　　　（森紫苑荘）

いっちよい着物を着せて子を捨てる　（今井卯木）

岐路いくたびわが生涯も風の中　　　（近江砂人）

ひとりならとうに辞表を叩きつけ　　（片岡つとむ）

降るだけの雪積もらせて山眠る　　　（白石朝太郎）

母が死ぬまで母が死ぬとは思わない　（中尾藻介）

こともなくけさもかきあげられた髪　（三笠しづ子）

良心の唇青しカンニング　　　　　　（岡田三面子）

手と足をもいだ丸太にしてかえし　　（鶴　彬）

ある日フトみんな他人だなと思う　　（前田雀郎）

===== One Point Lesson

いい句は絵になる

　川柳を始めた頃、よく先輩に言われたことの中に"いい句は絵になる"という言葉がありました。

　つまり、句を読んだ時、句の情景がぱっと頭の中に浮かんでくるような句がいい句だ、ということです。確かに、この句はどういう意味だろう、と考えなくてはならない句は絵になりません。いい句とは内容が具体的で分かりやすい句だと言えそうですね。

　一方、悲しみや寂しさ、絶望感や欲望など人の内面を句にした佳句もたくさんあります。このような心象も言葉を駆使して絵画的に描けるものです。喜怒哀楽に翻弄されている人間像を心に描いてみましょう。作句力はもちろんのこと、鑑賞力も高めてくれると思います。

　時々自分の句を見て目を閉じてみましょう。いい絵が浮かんできますか。いい音楽が聞こえてきますか。

Lesson 05

サラリーマン川柳について

　サラリーマン川柳は、1985年、第一生命の社内報の「サラリーマン川柳コンクール」に端を発し、1987年に社外向け企画としてスタートしています。本企画はマスコミでも話題になり、「サラ川」というニックネームでファンも多くいます。また、文庫本として「平成サラリーマン川柳傑作選 ①」が2004年に刊行され、その後も続刊が出ています。この傑作選の第一巻の選評で尾藤三柳氏は次のように述べられています。

　　「選評　新しいジャンルへの可能性」から

　　《これは恐るべき作句集団の誕生だと思う。結社や機関誌に拠る既成作家とも、新聞・雑誌の投稿者とも類を異にする新しい作句の巨大な集団が、在来の何ものにもとらわれず、自由に、奔放に思い思いの世界を展開している。個々の作品を取り上げれば、一部を除いて決して水準が高いとは言えないが、それはあくまでも既に出来上がった物差しを基準にしての物言いで、ここに繰り広げられたとりどりの風景は、こうした固定観念からどんどんはみ出して、気ままな世界を作り上げているところに、フレッシュな魅力と、今後への期待がある。　以下省略》

　まさに尾藤三柳氏が述べておられるような川柳が随所に見られるのも事実です。下記に「サラリーマン川柳傑作選①」に掲載されている各選者選のベストテンの句を紹介しましょう。

　　◪ 尾藤三柳選

　　遠吠えの癖はやっぱりボクの犬　　　　　（竹原汚痴庵）

　　会社より故郷が近いマイホーム　　　　　（卓）

　　窓際で昔の手柄聞かされる　　　　　　　（新入社員）

棒グラフ伸ばしてくれた子の寝顔　　　　　（幸夫）

重役と話しが合ってくたびれる　　　　　（よみ人知らず）

定年後帰宅時間を妻に聞く　　　　　（立場逆転の夫）

過労死はニュースだけだと妻がいい　　　　　（ナス）

新人をやっと育てて追い越され　　　　　（教育係）

ゴミ袋さげてパジャマに見送られ　　　　　（あーら）

二次会になってわかった社の派閥　　　　　（正信）

◎ 山藤章二選

ミスのミスミセスのミスとなぜ違う　　　　　（ミセスのつぶやき）

我が社風出るに出られぬぬるい風呂　　　　　（サーバンド）

正論を吐かぬ聴かぬが出世道　　　　　（やぶにらみ）

入社時に作った名刺がまだ使え　　　　　（古典愛好家）

栄転へ小指ひとりがだだをこね　　　　　（季代）

初任地の記念が今のお母ちゃん　　　　　（肝っ玉母ちゃん）

夢をくれ地獄もくれたかわいい娘　　　　　（友邦）

私より我が社に詳しい転職誌　　　　　（函館賛歌）

うちのパパおとなのくせにママとねる　　　　　（めだかの学校のせんせい）

◎ 第一生命選

父かえる一番喜ぶ犬のポチ　　　　　　　　　（ポチ）

運動会抜くなその子は課長の子　　　　　　　（ピーマン）

とこや行く金ひまあれど髪がない　　　　　　（ますおさん）

石油危機使って下さい皮下脂肪　　　　　　　（八方美人）

親の希望つぎつぎ消して子は育つ　　　　　　（月峰）

ああ言えばこう言う奴ほど偉くなり　　　　　（平社員一同）

よく言うよ金は天下の回りっぱなし　　　　　（金欠なのちゃん）

久々の化粧に子どもあとずさり　　　　　　　（素顔の女）

—— One Point Lesson

サラリーマン川柳考

「サラリーマン川柳傑作選」に載っている川柳からも分かりますように、サラリーマン川柳のすべてが悪いわけではなく、中には人間の心理を見事に衝いた句もあります。しかし、サラリーマン川柳のなかには一見面白そうで、笑える川柳もありますが、ユーモアとは少し違うようです。

一方、サラリーマン川柳の作者の中には 恥ずかしくなるような、茶化したような雅号を付けた方も多く見かけます。恐らく作者自身が自分の句に誇りが持てないか、責任を持ちたくないから、ということでしょうか。あるいは、雅号でも笑いを取ろうとする態度の表れでしょうか。

日本は思想・言論の自由が保障されている国です。いかなる作品であれ堂々と「これは私の作品です」と言いたいものです。名前と同様、雅号も一人一人を特定し、人格を代弁する働きを持っています。恥ずかしくない雅号で作品を発表し、個性をアピールしましょう。

本書では、川柳は「文芸の一ジャンルである」という認識に立って、真摯な態度で川柳に取り組みます。そして、川柳の奥深さに少しでも触れてみたいと思います。

言葉は表現の手段

川柳は言葉を介して何かを訴える文芸です。したがって、これはと思った言葉に出合ったときの感動は忘れられません。しかし、作者が言葉に酔ってはなりません。折角の言葉が句の中で浮いたのでは何もなりません。冷静に、慎重に取り組みましょう。

Lesson 06 雅号を付けましょう

　雅号はペンネームと同じです。必ず付けなければならないものではありません。本名で作句活動されている方も多数います。私の場合、初めて雅号を名乗ったとき（呼名）、作家になったような喜びと恥ずかしさを覚えました。同時に川柳を続ける覚悟と責任を感じました。

　雅号を付ける場合は是非気に入った雅号を自分で付けましょう。

　先生や先輩に相談した場合、気に入らなくてもその雅号を使う破目になりかねません。私も嫌々ながら使っている先輩を知っていますが、お気の毒です。

　雅号は、名前だけを雅号にする人と、姓・名とも雅号にする人がいます。どちらでも自分の好きな方を選んで結構です。

　時々、初心者が雅号で名乗るのはどうかと、躊躇されている方を見受けますが、勇気をもって川柳入門時に付けられることをお勧めします。また、雅号はたびたび変えない方が望ましいと言えます。雅号の由来などよく聞かれますので、よく考えて付けましょう。

　なお、雅号を付けるときは次のような点に気をつけましょう。

1　不真面目で（ふんころがしじゃ、など）、品が無く（赤パンツ、など）、いかがわしく（ポン引き、など）、長たらしい（逆転逆転逆転打線、など）雅号は絶対に避けましょう。

2　ふざけた当て字（没ちゃん、公無隠、など）は避けましょう。

3　明瞭な発音であることも念頭におきましょう。呼名の際、間違いが起こりにくいので文台（ぶんだい）（45頁参照）にも迷惑をかけません。例えば、次のような雅号は聞き取りにくいし、字が分かり難いので避けましょう。

　　谷ハッハ、塩見てふ（しおみ・ちょう）、又息想（またいきそう）、

岡ゑゐ子、遠山とほる（とおやま・とおる）、など

4 ユニークな雅号の方が印象に残りますし、早く覚えてもらえます。名前を覚えられると作品にも責任を感じるようになり、作句の上達に繋がります。まさに、一石二鳥の効果が期待できます。

5 前述しましたように、作品は本名で発表されてもなんら差し支えないのですが、本名の字が大変読みづらい場合、例えば、安居院（あぐい）さんなどは読める人が少ないと思われます。名前も同じです。よけいなお世話かもしれませんが、このような場合は雅号にされるとトラブル回避になるかもしれません。

=== One Point Lesson

時事川柳

　時事川柳とは字の如く、今の社会の出来事を詠む川柳です。今日の新聞に載っている事柄、ＴＶニュースで報じられている事柄の多くが川柳の題材になります。具体的には政治や事件、社会問題が中心になりますが、当世の世相・風俗も句材になります。

　なお、時事川柳は"時事"を詠み込めば歳月を経た後も思い出として"時事"が甦りますが、詠み込まれていない場合は往々にして"時事"が分からなくなり、句意さえ分からなくなることがあります。これは時事川柳の宿命的な課題と言えるでしょう。

　とは言え、政治、事件、社会問題、世相をズバリと切り、奥で蠢く真実を抉り出す痛快さは時事川柳の持ち味です。ただ、時事川柳を作るとき注意すべきことは、ズバリと切り、グサッと抉り出す快感に酔って、つい興味本位になり、罵詈雑言を浴びせるような内容になっては困ります。また、弱者を侮蔑したり、偏見に基づく差別用語を使ったり、個人を攻撃の的に誹謗中傷したりするのは厳に慎みたいものです。要は社会現象の表面ばかりに気を取られ過ぎて、現象の本質に踏み込んでいない時事川柳は"薄っぺらな川柳"にしかならない、ということです。

Lesson 07 作句の心得

思い付くままに、作句の心得をまとめてみました。

1. 川柳は人間の生活を、心の動きを、素直な気持ちで詠みます。最初から技を凝らし、奇を衒う作句態度は句を歪めます。

2. 口語体で詠みます。文語体や漢語は避け、出来るだけ常用漢字で書きます。特に古い字体の漢字には注意しましょう。

3. 五七五の音数とリズムを大切にしましょう。大先輩の方が指を折って作句されている姿をみると、川柳作句の基本を見るようです。このような先輩に出会うと、親しみと微笑ましさを感じます。

　　　　指五本五七五のためにある　　　　　　（大木俊秀）

4. 一読して分かる句でありたいと思います。難しく堅苦しい表現の句がいいとは限りません。

5. 俳句とは違い季語や切れ字にとらわれることはありません。十七音で人間を詠めば、それはすべて川柳となります。

6. 不真面目な作句態度（言葉遊びや駄洒落、悪ふざけ）では上達しません。これは自分の作品だといえる作句態度が欲しいものです。

7. 川柳で訴えたいことが、個人的な誹謗・中傷であってはなりません。

8. 下品なテーマ、下品な言葉、差別用語、個人的な造語は避けましょう。発表された作品は文化財であるとともに川柳を愛する人々の共有財産であると考えてください。

9. 当たり前のことですが、盗作はしないようにしましょう。盗作したつもりはないのに、類似句ができやすいのが川柳などの短詩です。もし既に発表されている句に類似した作品を知らずに、また、うっかり発表した場合は、勇気を持って発表を取り

消しましょう。

[10] 他の文芸と同様、川柳も自己主張が重要です。何を言いたいのか、テーマは明確に、分かりやすい表現を心掛けてください。

One Point Lesson

難解句

　数多くある川柳の中にはどうしても理解できない句に出合うことがあります。俗に難解句と言われる作品です。難解句になる原因の一つは作者にありそうです。つまり、作者自身が訴えたい事柄を十分表現できていないので、第三者にも通じない、という場合です。次はベテラン作家といわれる人の作品です。省略のし過ぎ、極端な飛躍、現実離れした誇張など技巧に走りすぎたために難解句になるケースです。第三のケースは読者の方に原因がある場合です。読者の知識不足、感性の欠如、語彙不足のために句が理解できないケースです。

　このようにいろいろ原因はある訳ですが、31頁の山本翠公氏や岩井三窓氏の言葉をかみ締めてみてください。

本歌取り

　和歌の分野で、古歌の語句、発想、趣向などを取り入れて新しく作句する手法で、新古今時代に盛んに行われました。例えば、

　月やあらぬ春や昔の春ならぬわが身ひとつはもとの身にして（在原業平）

を本歌として

　面影のかすめる月をぞやどりける春や昔の袖の涙に（藤原俊成の女）

は、伊勢物語の世界を背景に取り込んだ本歌取りの歌として知られています。

　本歌取りの手法は、川柳の分野ではあまり見られませんが、よくよく見れば語句・発想・趣向の類似した句は多いし、どれが本歌であるのかも紛らわしいのが実情です。川柳は五七五という短詩であるので、避けがたい点があるのかもしれませんが、当初から本歌取りの手法を真似するのは好ましくありません。

Lesson 08 川柳を作る

1. 最初に句材を細かく観察しましょう。川柳人は蒟蒻の裏側も見る、という言葉があります。蒟蒻のようなものでも裏返してみるとほんの少しかもしれませんが、模様なり色合いが違うものです。その違いを発見することができれば句材が確保されたことになります。

2. 観察し、発見した事柄を言葉に変えて五七五に並べてみましょう。

3. 作品を読み返して、詠みたい事柄が言葉になっているか、主張したい事柄がちゃんと詠まれているか、などを確かめましょう。

4. 次に、作品の中で、言葉の重なりがないか、省略できる言葉がないか、検討しましょう。例えば、

> 初雪か雪は白くて美しい

この句は、まず、"雪"が重なっています。"雪は白い"という表現は当たり前で陳腐。初雪の感動を単に"美しい"ではなく、もっと感情のこもった言葉で表現する、などの欠点が指摘できます。このような時はもっと端的な言葉がないか、辞書などで調べ、修正します。

5. 作品は声を出して読み、五七五のリズムになっているかを確認します。

6. 作品を読み返しているうちに、何か物足りない、自分はもっと違うことが言いたかったのだがと思うようでしたら、さらに推敲します。ただ、内容の詰め込み過ぎは避けてください。推敲が終われば、これを最終作品とします。

　川柳を作句する際、上記の手順を必ず追っていかなければならないという訳ではありません。通常、いつの間にか"この手順を無意識のうちに踏んでいる"ということです。何度も推敲して「最終作品」

とする、という取り組みを嫌がらずに行ってください。いい作品に仕上がること確実です。

山本翠公氏は、「誰もが分かり、誰もが作れない句が秀句である」、「誰も分からない句は誰でも作れる、誰でも作れる句は秀句ではない」と言っています。岩井三窓氏は、「分からない句を作る人は、分かってもらおうとするサービス精神が欠けているか、表現力がないかのどちらかだ」と言っています。その通りですね。

───── One Point Lesson

批判力をつけよう

句材をどんなに詳しく、理路整然と五七五で説明しても、その句は感動を与えません。作者が句を通して何かを訴えて初めて川柳になるのです。そのためには、批判力が必要です。批判力を育てるには、まず自分を、世間を否定的に評価し、次に客観視することです。川柳作家にとって反骨精神は必要ですが、拗ねて・ひがんで・捻くれて・いじけてばかりでは、いい句は生まれないでしょう。批判力の背景に健全な精神が息づいていれば万全です。

常識の壁

常識とは普通の人が持っている知識や判断の仕方と解されています。しかし、その範囲は人によって千差万別であります。だからと言って、あまりにも突飛で奇抜な言動は受け入れ難いものです。川柳作句において、可能な限り常識の壁を打ち破る勇気は持ちたいのですが、自分勝手にならないようにしましょう。川柳は多くの方の共感を得ることが大事です。

擬人法

人間以外の生物や命のない器物に作者と同じ感情を移入して喋らせ、考えさせ、行動させる方法を擬人法と言います。川柳作句のテクニックとしては大変面白いのですが、度を越すと不自然になります。

One Point Lesson

川柳と俳句の表現上の違い

　俳句は季語を重んじることから自然諷詠を主体として"侘び　寂び"の世界を追求しますが、川柳は人間の生き様や心象を連想させる人間諷詠が主体だと言われてきました。然し近年、鷹羽狩行氏や有馬朗人氏らは「俳句は自然と共生する人間を詠むもの」と言われているようです（ＮＨＫ学園　川柳春秋 101 号）。こうなると川柳は五七五の中にさらに人間を躍動させることを心しなければならないと思われます。

《俳　句》	《川　柳》
◎ 季語を必要とする 　（無季俳句もある）	◎ 季語を必要としない
◎ 多くは文語体で詠む 　（口語体もある）	◎ 口語体で詠む
◎ 切れ字がよく使われる	◎ 原則として切れ字は使わない
◎ 自然諷詠	◎ 人間諷詠

切れ字十八文字

　や、かな、けり、らん、もがな、いかに、し、じ、か、せ、ず、け、つ、れ、ぬ、よ、へ、ぞ、を切れ字十八字といいます。川柳でも、かな、けり、や、し、ぞ、よ、は使われていますが、句の内容やリズムと合致することが大事です。下手に使うと俳句でもなく、川柳でもない、中途半端な句になりかねません。

俳句っぽい川柳、川柳っぽい俳句

　最近、川柳が俳句っぽくなった、あるいは、俳句が川柳っぽくなった、とよく言われます。もともと同根の文芸ですからやむを得ないところもあるのでしょう。しかし、川柳は自然諷詠の中にも人間の臭いが欲しいものです。

　　あさがおに釣瓶とられてもらい水　　　　（加賀千代女）

　この句は通常俳句として取り扱われていますが、川柳の要素も含んでいますね。

破調句について

　定型の川柳は五七五の三句から構成されています。最初の五は上句（上五）と言います。七は中句（中七）、最後の五は下句（下五あるいは座五、止め五、結句）と言います。川柳仲間同士の会話では、上五、中七、下五と言う人が多いようです（74頁参照）。
　破調句とは、上五の五音、中七の七音、下五の五音の一部が定型になっていない句を指します。結果的に総音数は十七音から外れることになります。
　多音数または少音数の句は"自由律の句"と言われ、革新川柳といわれることもありますが、多くはリズムが悪く継承者は少ないようです。したがって、本書では通常の川柳について勉強することにします。
　言葉の中には七音以上の単語あるいは複合語があります。川柳は生活のすべてが句材になりますので、八音以上の言葉を使った川柳があってもいい訳です。例えば、メチルアルコール（八音）のような物質名、ハッピーニューイヤー（九音）のような外来語、労働組合（八音）とか冠婚葬祭（八音）のような複合語で川柳を作りたい場合、これらの語を中七に持ってきても音数を超えてしまいます。このように音数が八音を超える言葉で川柳を作りたい場合は、この言葉を上五に持ってくるようにします。上五の破調（字余り）は句全体のリズムを壊さないので、多くの場合許されます。また、八音以上の言葉は"句跨ぎ（後述します）"の手法で使うこともできます。なお、総音数が十六音以下の破調句でいいリズムを持った句は殆ど見かけません。字足らずの句にはならないように注意しましょう。

──────────────── One Point Lesson

掛詞 （かけことば）

　古文や短歌、狂歌において多用されてきた修辞法の一種です。例えば、わが身世にふる（経る、降る）ながめ（詠め、長雨）せしまに、のように、同じ音に二つの意味を持たせる表現法です。しかし、川柳では使われません。恐らく掛詞を多用すると言葉遊びになり、テーマも曖昧になりやすいからでしょう。すぱっと切る川柳の鋭さ、醍醐味は掛詞によって薄れるでしょう。

Lesson 10 句跨ぎ（句跨り、胴切り、句渡り）

　　時折、上句から中句へ、中句から下句へ言葉が跨り、句のリズム
も句の切れも定型（五・七・五）とは異なりますが、総音数は十七音
という句があります。このような句を"句跨ぎ"と言います。句跨ぎ
の句は定型のヴァリエーションと見なされ、破調句とは区別して取
り扱われます。下記に、定型の句、自由律の句（革新川柳）、破調句、
句跨ぎの句の例を挙げてみました。なお、リズムを勉強するために、
句の中に"・"を入れてみました。別な区切り方もあるかと思います
が、一つの例として参考にしてください。言うまでもなく原句に"・"
は入っていません。

◙ 定型の句
　　どのように・座りかえても・わが姿　　　（井上信子）

◙ 上五の破調句
　　桜ちりぢり・水に浮かぶは・片思い　　　（寺尾俊平）
　　過失致死の・前科も秘めた・聴診器　　　（山田良行）

◙ 破調句
　　子よ妻よ・ばらばらになれば・浄土なり（麻生路郎）
　　善人の・貌して雪の・みちにころび　　　（今井鴨平）

◙ 自由律の句
　　莫迦がよってたかって可能にしてしまう（木村半文銭）

◙ 句跨ぎの句
　　照る日曇る日・女房の顔を見る　　　　（小川静観堂）
　　全国で・落ちてうれしいのが・落ちる　　（片山雲雀）
　　米をとぐ・大胆不敵なる・妻よ　　　　　（定金冬二）

真夜中に・酒さめ果てていた・孤独　　　（佐藤正敏）

作文としては・見事な無心状　　　　　　（延原句沙弥）

川柳がある・君がいる・君もいる　　　　（野村圭佑）

碁盤目に・世界の京として灯り　　　　　（平賀紅寿）

――― One Point Lesson

比喩

　似たものを通してイメージを膨らませる表現方法です。下記に代表的な比喩を紹介しましょう。作句上有効な技法になります。

◙ 直喩：直接他の事物に例えること。

　　　赤いバラのような唇、雪のような肌

◙ 隠喩：例えるものと例えられるものを直接結ぶ表現

　　　赤いバラの唇、月の眉

◙ 換喩：ある事物と深い関係にあるもので表現すること。

　　　青い目と言って西洋人を、聴診器で医者を表す。

◙ 提喩：全体で部分を、部分で全体を表す。

　　　小町（部分）で美人（全体）を、海道（全体）で東海道（部分）を表す。

Lesson 11 課題吟（題詠）について

① 詠み込んだ句と詠み込まない句

　課題吟とは、ある課題、一般的には言葉（多くの場合、単語）に基づいて句をつくることです。作句法としては、句の中に課題を入れて作る場合、これを"詠み込み"と言います。一方、課題の意味を捉え、句全体で課題の意味を表現して作る場合、これを"詠み込まない"と言います。"詠み込まない"場合は課題が句の中に出てこないので、句が課題から離れ過ぎないようにしなければなりませんが、この線引きは大変難しく、通常"選者にお任せ"ということになります。"詠み込まない"句を作った場合は作者も太っ腹でいたいものですね。

　なお、課題が長い言葉、あるいは、稀に文になっている場合があります。この場合は字数からして詠み込めないので句は当然"詠み込まない"句となります。

例 課題　「焼く」「ぬかる道」№204から
　　　詠み込んだ句
　　　　少子化の塾に日焼けの子がいない　　　（加藤権悟）
　　　詠み込まない句
　　　　灰にする写真はどれも笑ってる　　　（松尾タケコ）

例 課題　「新潟豪雨お見舞い」「ぬかる道」№203から
　　　課題が長いので詠み込まない句になります。
　　　　七転び八起き信じて後始末　　　（伊藤春恵）
　　　　声かける手も泥だらけボランティア　　　（佐藤美文）

② 課題が主役

　課題吟の場合、課題が主役となるのは当然です。例えば、"右"という課題で"右も左も"と対等に表現しては"右"が主役になっている

とは言えません。"天国"という課題で"天国と地獄"とすれば天国は主役ではありません。主役(課題)は川柳というドラマの中で主役を演じなければならないということです。下記の句は主役が軽く扱われていると見なされます。

定年後は右と左の友がいる　　　　　　　（課題　右）

天国と地獄どちらも見てみたい　　　　　（課題　天国）

③ 動詞や形容詞の守備範囲

　まず、動詞について考えてみましょう。例えば、「集める(他動詞)」が課題の場合、「集まる(自動詞)」、「集めない(否定形)」は許されるのか。動詞の活用形(集めれば、集めよ、集めろ)はどうか？ということです。いずれも許容範囲として差し支えないという方もいますが、課題には忠実であるべきだという方もいます。どちらが正しいか、一言では言えませんが、川柳大会や句会では"課題に忠実"の方が無難だと思います。

例 課題　「吹く」　「ぬかる道」No.178から

いい風が吹いたら愛を申し出る　　　　　（今川乱魚）

入れ歯ではやっぱり吹けぬハーモニカ　　（宮川ハルヱ）

兄貴風吹かすな一つ違いだぞ　　　　　　（窪田和子）

先輩風吹かせたつけがくる財布　　　　　（伏尾圭子）

建売の旗色褪せて吹かれてる　　　　　　（染谷ゆきえ）

ほら吹きが揃い愉快な酒となる　　　　　（上鈴木春枝）

吹く風に逆らってきたシワがある　　　　（佐竹　明）

吹く法螺も二割くらいは実があり　　　　（御供　彪）

蹴落として座した椅子にも吹く嵐　　　　（船橋　豊）

次は、形容詞の課題をみてみましょう。課題《静かな》の場合、《静かでない》はどうでしょうか。例えば、《静かでない》は許容範囲とします。では、同じ意味の《騒がしい》もいいのでは？ と際限なく間口が広がり、課題の意味が薄れてしまいます。つまり、形容詞の場合は直接の否定形《静かでない》までを許容範囲とし、これ以上に許容範囲を広げない方がいいと思います。下記の句を参考にして議論してみましょう。

例 課題 「近い」 「川柳つくばね」№119から

地ビールを飲むと故郷が近くなる　　　　（江崎紫峰）

ひとりでに近づいてくる屋台の灯　　　　（山本一夫）

冬近し愛の目減りが激しすぎ　　　　　　（上鈴木春枝）

幸せは近くにあると思える日　　　　　　（海東昭江）

近すぎて貴方の良さに気がつかず　　　　（藤川靖美）

近いうちお会いしましょうから二年　　　（松波酔保）

サイレンが近いと直ぐに走り出す　　　　（北山蕗子）

蜂の巣に気づき物置遠くなる　　　　　　（加藤権悟）

遠くないあの世元気に遠くする　　　　　（杉本勇太郎）

年とってみればトイレが遠くなる　　　　（堤丁玄坊）

　課題吟の多くは月例句会や大会で多く見られます。この場合、多くの人が同じ課題で作句し、選者が優れた句を選ぶので"競吟"と言います。通常、選者は投句数の一割から三割くらいの範囲で句を選びます。これを"抜く"と言います。作者の方から言えば"抜ける"とか"抜かれる"となります。抜かれなかった句は"没"あるいは"没句"と言います。選者が選ぶ句数は会の主催者側で決めます。

　課題吟の場合、同じ思いの句（同想句）がどうしても集中しやすく

なります。そうなると選者は同想句を選びにくくなります。同想句は句の良し悪しがつけにくいという理由ですべて"没"にする選者もいます。代表として、一句だけ頂きました、という選者もいます。次に、同想句の実例を挙げておきます。

例 課題 「勝つ」 「俊秀流 川柳入門（大木俊秀）」から

　　勝って泣き負けて又泣く甲子園　　　　　　（I.T.）

　　勝って泣き負けてまた泣く甲子園　　　　　（I.K.）

　　負けて泣き勝ってまた泣く甲子園　　　　　（N.T.）

　　勝って泣き負けて泣いてる甲子園　　　　　（Y.K.）

　　勝って泣き負けて微笑む甲子園　　　　　　（N.Y.）

　　勝って泣き負けて笑った甲子園　　　　　　（N.S.）

　例からお分かりかと思いますが、この中から選者はどの句を良い句として選んだらいいのか迷うはずです。

　同想句を避けるための方法として、課題に対する第一発想、第二発想の句は捨て、第三発想、第四発想の句を作品とせよ、とよく言われます。しかし、課題に対する第一印象（第一発想）は新鮮で鋭いものがあるのも事実です。現に「三分間で詠んだユーモア川柳（今川乱魚編著）、新葉館出版」には素晴らしい川柳が掲載されています。三分間吟とは、設定された課題を三分間以内で作られるだけ作句する、というゲーム感覚の作句法です。集中力を高める練習になると言われますが、このような作句法では推敲する時間などありませんので、ほとんどが第一発想の句となります。しかし、以下に示すように秀句もたくさん生まれています。要は第一発想の句だから悪い、ということではないのです。

　　「　秋　」➡ 物思い秋の女になっている　　　　（伏尾圭子）

　　「　枝　」➡ みんなして無理な願いを枝につけ　（岡　遊希）

「 顔 」	➡	旧姓で呼べばあの日の顔になり	（五十嵐修）
「覗く」	➡	覗くのは男ばかりと限らない	（北山蕗子）
「揺れる」	➡	揺れているうちが花です女です	（原田順子）
「義理」	➡	宴会を義理の順から帰りだす	（福島久子）
「 音 」	➡	一心に耳をすませる開花音	（増田喜久子）
「読む」	➡	唇を読む晩学の英会話	（田制圀彦）
「 傘 」	➡	決心をうながす傘のしずく切る	（和泉あかり）
「 薬 」	➡	受験期の母が離せぬ頭痛薬	（上鈴木春枝）

とはいえ、第一発想の句に平凡な句が多い、という事実はあると思います。そこで第一発想の句が平凡だという気がした場合は推敲（見方を変えてみる、言葉を選ぶ、何が言いたいのかをもう一度考える、など）によって発想の違った句に生まれ変わらせることが必要でしょう。この作業によって、第一発想の句は第二、第三の発想の句に変身します。例えば、

いちめんの椿の中に椿落つ　　　　　（時実新子）

この情景をもし私が詠んだら、池や地面に落ちる椿となるでしょう。これでは何の変哲もない平凡な見方になってしまいます。

さすがにベテラン作家、時実新子氏は、これを既に落ちている椿の中に落ちる、と詠まれました。

恐らく私が上記の句まで到達するには、第二、第三の発想への展開が必要だったと思います。

このように、第一発想の句は生まれ変わります。推敲によって視点を変えれば生まれ変われるのです。

One Point Lesson

即吟

　即吟とは字が示す通り即座に作句することです。大会などで出される"席題"、吟行会で行われる"嘱目吟"、短歌の会で行われる"曲水の宴"も即吟の一つの形態かもしれません。現在、川柳会で行われている即吟は、三分間あるいは五分間という短時間で作句する作句法を指します。出句数は指定された時間内の作品であれば自由という決まりが多いようです。直感力、連想力、集中力を高める訓練になると言われています。一方、ゲーム性もあり、句会ムードを一点に集中させる求心効果もあります。新年会や忘年会などで行われる余興吟として行うことも出来ます。

楽屋落ち

　芝居などで楽屋仲間にだけ分かり、他の人には分からない事柄を言います。転じて自分だけがわかり、他人には分からないような句を指します。初心者の場合、身の回りのことを詠むあまり、一般性を欠く句になってしまう恐れがあります。第三者に分からない句は作品としての価値はありません。固有名詞や外来語（漢語も含む）、流行語、短縮語などを使った場合や個人的な出来事、省略のし過ぎなどが"楽屋落ち"の原因になります。

字結び

　字結びとは、漢字一字が課題として出された場合、漢字の意味にとらわれることなくその漢字を使って句を作ることです。例えば、"百"という字の課題が出た場合、百舌（もず）、百合（ゆり）、百足（むかで）、百衲衣（僧衣）、百済（国の名）、百敷き（宮中）、八百屋（青物屋）、嘘八百（嘘ばかり）など、直接"百"に関係ない語が使えます。ただ注意された方がいい場合を二、三記しておきます。

◎ **字結び**　　：　課題の漢字の意味に関係無く使っていいのですが、必ずその字が含まれていなければなりません。

◎ **字結び可**　：　課題の漢字の意味に関係無く使ってかまいません。なお、課題の漢字の意味を表す表現であれば、必ずしも課題の漢字を読み込む必要はありません。

◎ **字結び不可**：　課題の漢字そのものを使うか、あるいは、その意味を表す表現でなくてはなりません。

※"字結び"の定義が分からない時は主催者に聞いてください。

●実践3

課題「夢」を"詠み込んで"作句してみましょう

●実践4

課題「性格」を"詠み込まないで"作句してみましょう

Lesson 12

雑詠（自由吟）について

　川柳を始めたいと思った動機を振り返ってみてください。多くは胸にじーんとくる川柳や独りでに笑みがこぼれる川柳を見たりして、自分も"自分の思い"を五七五で表現してみたいと思ったのが動機ではないでしょうか。言い換えれば、自分の心にふと浮かんだこと、何かに感動した時、人間の本音に触れた時、自分が情けなくなったときのこと、社会の矛盾をやんわりと、ある時はチクリと風刺したい衝動に駆られたときのことなどを五七五にしてみたいと思ったことが川柳作句の切っ掛けでしょう。そして、この時作られた川柳が雑詠と言えます。つまり、雑詠とは、人間の生活の中からある真実を、現実を自らの目で発見し、これらを五七五にしたものといえるでしょう。

　課題吟の場合は"作らされる"という感じがあるのに対して、雑詠は自分の思いを自由に詠める喜びがあります。課題を通さず自己主張できる満足感があります。まさに雑詠こそ川柳作句の原点でしょう。

　雑詠は強制されない一面を持っていますので、つい頭の中に仕舞いがちです。そうなると句を忘れてしまいます。ぜひ作句年月日を記入し、川柳ノートに記載する習慣をつけておきましょう。きっと自分史への礎となります。

One Point Lesson

リフレイン（Refrain）

　反復と訳されます。自分の思いを強調するために、句の中で言葉を繰り返すことです。これによって読者に何を訴えたいかが印象付けられます。

　　私 私 私 ドア蹴るなだれ込む　　　　（時実新子）
　　褒めて褒めて褒めて闘争心を殺ぐ　　　（堤丁玄坊）

Lesson 13 句 会

　川柳界にはいろいろな考え方を持った指導者が多数おられますが、派閥や家元を頂点とした流派はありません。したがって、ある川柳会にいきなり参加しても歓迎されます。すすんで参加者に話し掛け、笑顔で行動しましょう。

① 句会が始まるまで

　句会の形式は概ね共通していますので、その概要を述べます。どのような句会でも何らかの方法で案内が出ますので、まず、案内をよく見ることが重要です。

Ⓐ 案内書には、開催日時、会場の住所と開場時間、利用しやすい交通機関、宿題（課題）と出句数、出句締切り時間、選者名、参加費や懇親会の有無などが記載されています。予め確認しておきましょう。

Ⓑ 会場に着いたら、まず受付で必要な手続きをしてください。通常、参加費を納めると引き換えに句箋が渡されます。また、当日のプログラムを渡されることがあります。プログラムがない場合は、正面のどこかに句会の概要が書いてありますので、しっかりと確認しておきましょう。

Ⓒ 会場に入ったら空いている席に座って結構です。隣に誰かいる場合は軽く会釈して座に着きましょう。大会の場合は "選者席" が指定されていることもあるので注意しましょう。

Ⓓ 句会によっては "席題（当日出される課題）" が出されます。席題がある場合は案内書に席題と出句数が必ず記載されています。また、席題の "課題" は開場時間後に、通常正面に張り出されます。各自出句締切り時間までに作句することになりますので、席題がある場合はなるべく早く会場に着き、作句時間を十分に確保できるように心掛けてください。

Ⓔ 出句した後、句会開始時間までは自由時間です。この自由時間

の間に選者は選を行います（選句）。多くの場合選者は別室に移りますが、月例会などでは会場で行うことが普通です。

　　大会などでは、この自由時間を利用してアトラクションが準備されていることもあります。アトラクションは参加者へのサービスです。特に用事が無いのであれば、アトラクションに参加して主催者の努力に感謝の気持ちを表しましょう。

F 司会者から句会の開始が告げられます。主催者挨拶、大会の場合は来賓挨拶などの前行事が行われます。静かに司会進行を見守りましょう。

G 前行事終了後、披講の準備が行われます。

　　《披講》：選者が入選句を読み上げて発表すること。入選句を一回読む場合と二回読む場合とがあります。選者や主催者の意向によって、入選句の中の秀句だけを二回読みする場合などさまざまです。

H 披講の準備が整ったら、司会者から選者紹介や文台の紹介、必要に応じて句会の運営方法の説明があります。選者紹介は披講前に一括して行われる場合と、課題ごとに一人一人行われる場合があります。

　　《文台》：披講する選者の脇にいて呼名された作者名を復唱したり、作者名を句箋に記入する役の人（脇取り）。

　　《呼名》：選者が入選句を読み上げた直後に、入選句の作者が名乗りをあげること。通常、名前（雅号）を名乗るが、同名の人がいる場合は姓名を名乗ります。

2 句箋に句を書く場合の注意

　　《句箋》：句を書く短冊状の用紙。主催者が配布しますので、準備する必要はありません。

A 句箋には濃い鉛筆で、楷書で、大きな字で書きましょう。ボールペンや万年筆で書かないようにしましょう。なお、乱雑な字は選者のご機嫌を損なう恐れがあります。崩した達筆（草書体）も考えものです。選者に読んでもらいたい、という気持ち

を持つことが大事です。

B 句は"一行書き"で書きましょう。また、句箋の中央よりやや右側よりに書くと、文台の方でも左側に記名しやすいので喜ばれます。句の上部も二センチくらいの空白を設けましょう。選者あるいは事務局の方で何か印を入れたい時や綴じる時のための配慮です。

C 川柳は原則として五七五の間に"・"を打ったり、"一字空け"をしたり、言葉を括弧で括ったりしません。選者によっては嫌う人もおられますので。

なんぼでも・あるぞと滝の・水は落ち　　　　（前田伍健）

電柱に　犬を真似てる　いい月夜　　　　（村田周魚）

「考えない葦」ジグザグとせめられる　　　　（石原青竜刀）

なお、前田伍健の句には"・"は打ってありませんし、村田周魚の句にも"一字空け"では書かれていません。しかし、石原青竜刀の句には"「　　」"がついています。

川柳の"一字空け"は俳句の"切れ字"の役目を果たす、という人もいます。この空白が作者の思い入れを膨らませ、読者の側にも鑑賞空間を広げてくれます。また、"・"も、真・善・美、とか、知・徳・体とか、春・夏・秋・冬、など一字一字の意味を強調したい場合に用いると、それなりの効果を発揮しますが、いたずらに多用しないようにしましょう。

D 原則として漢字にルビは打たないようにしましょう。中には、選者を馬鹿にするな、と怒る方もいます。ただ、言葉の誤解がないように、あるいは、音数を正確に伝えたい時にはルビが許されます。

例 宙に浮く（そらに浮く、と読んでもらいたい）
"兵"の読み方：①へい（二音）
②つわもの（四音）

E 誤字、当て字、脱字、誤用、勝手な造語は嫌われます。不安な場合は必ず辞書を引くようにしてください。造語は時代とともに増えていますが、社会において認知されるまでは使わないようにしましょう。一部の人達、特に若者の間で多用されている造語を、現代の最新語として自慢げに使う人もいますが感心しません。造語は初心者とベテラン作家に多く見られる傾向にありますが、真似しないようにしましょう。

F 投句する際に句箋に名前は書かないようにしましょう（裏にも）。例外として、欠席投句の場合、事務局の方で句箋の裏に名前を書きます。

③ 披講

　選者が入選句を読み上げます。入選句の数は普通、主催者が指定します。選者は句の良し悪しに拘わらず、指定された句数を選ばなければなりません。

　自分の句が読み上げられたとき、作者は大きな声で呼名します。二回読みの場合は、一回読まれた後に呼名します。しかし、選者が披講する際、間を置かず句を続けて二回読むことがあります。このような時は二回目の後に呼名するしかありません。選者の癖を早く掴むようにしてください。

　披講は通常下位の入選句から読み上げられます。多くは、前抜き、五客、三才の順で披講されます。

《前抜き》：“平抜き” とか、単に “佳句” とも言います。

《五客》　：“ごきゃく、あるいは、ごかく” と読みます。五つの佳句という意味で、選者は五句選びます。

《三才》　：最高位の “天”、二位の “地”、三位の “人” の三句を三才と言います。披講は人、地、天、の順に行われます。

　最近は、特選三句とか、佳句と秀句を一句とか、まったく順位付けをしない句会も増えています。順位付けは主催者側の考え方です

ので、参加者があれこれ言うことではありません。

　選者の隣には文台（脇取り）がいます。書記役です。文台は入選句の作者名を再唱し、句箋の左下に作者名を記入します。この作業を"記名"と言います。選者が句を読み違えたとき、それを選者に伝える役割もあります。披講が終わったら、選者は自分の作品を一句発表します。この句を"選者吟、あるいは、軸吟"と言います。軸吟が読まれたところで披講は終わり、次の選者の披講に移ります。

《披講中に注意すべきこと》
Ⓐ 披講中は無駄話をしないこと。
Ⓑ 披講された句の素晴らしさに頷いたり、驚いたり、笑ったりするのはいいのですが、仲間が入選した時に拍手することは慎みましょう。要は作者中心ではなく、作品中心の句会でありたいものです。
Ⓒ 披講が終わったら選者に対して拍手で感謝と労を労う意を示しましょう。

④ 謝選
　《謝選》は大会でよく見られます。多くは主催者側の選者が選句します。事前投句の場合もあります。謝選での入選句は順位付けから外されることもあります。分からない時には主催者か参加者に聞いてください。

⑤ 表彰式
　大会で順位付けが行われた場合、成績優秀者に対する表彰式が行われます。自分に関係ない場合でも最後まで参加するようにしましょう。

⑥ 選者に対する批判
　句会の後（時には披講中に）、選者の善し悪しを批判する人がいま

す。意外にベテランと言われる人に多いようです。うるさいし、見苦しいものです。自分の句が抜けないので文句を言っているようにも聞こえます。多少の不満や見解の相違があるとは思いますが、選者も人間、主観も違うし解釈ミスもあるでしょう。作者もすべてを選者に任せる度量が欲しいものです。選者を経験してみれば分かることですが、どんな選者も良い句を選びたいと思っています。句会は最後まで楽しくありたいものです。

49

One Point Lesson

○○のような句

　"○○のような" という言い方は川柳でもよく使われます（直喩、35頁を参照）。また、この言い方を使うと句が作りやすいのも事実ですし、佳句も少なくありません。この言い方を使うとき注意すべきことは、○○が "何か" ということです。"○○のような" の○○は、当然 "例えて言うならば" の○○ですので、その例えが陳腐であれば句も陳腐になります。使いやすい作句形式ですので心して使いましょう。

句の中に対立点をつくる

　川柳はドラマです。登場人物の間に対立点があればドラマは躍動します。例えば、男と女、上司と部下、繁栄と没落、昼と夜、生と死、イエスかノーか右か左か、食うか食われるか、などなど。つまり、対立は葛藤を生み、人間の心を揺さぶり始めます。ここを五七五で容赦なく突いてください。

　対立点が曖昧であってもそれなりに人間を表現できますが、言葉の選択を誤ると平凡な句になります。出来るだけ落差の大きな対立点を設けて緊張感を与えることが大事です。

One Point Lesson

己を笑う、己をいじめる、そして説教するな

　にっこり笑った後、目頭がじ～んと熱くなる、こんな句がユーモア句だと岸本水府は言っています。このような句は自分を笑った句に多いものです。人に向けた笑いには、差別的な笑いはあっても、万人の胸を打つ笑いにはならないでしょう。苛めも同じです。　作者自らが自分を追い詰め、真剣に、深刻に悩み苦しむ、その姿に読者も己の姿を重ね合わせて共感するのです。作品に対する読者の感激はここに生まれます。自分の姿を、心を厳しく見つめ、己に隠れ棲む悪、弱さ、見苦しさ、狡さ、危機感、緊張感を率直に表現するのが川柳です。己を笑い、己を苛めるのです。己の幸せや優越感をそのまま五七五にしても川柳としての深い共感は得られないでしょう。一方、他を必要以上に誉め、評価した川柳もまた好まれません。人間は他人の幸せを素直に喜べないものです。とは言っても、他を笑い、他を苛め、他を誹謗した川柳も嫌われます。　人間って複雑な心を持った動物ですね。

　なお説教的な川柳（道句と言われる）も嫌ですね。川柳は道徳・倫理を五七五で説いたものではありません。

●実践5

雑詠（自由吟）を作ってみましょう

　小さな発見やスケールの大きな事象まで何でも課題となります。作句する前によく観察すること、よく考えること、そして課題を客観視することです。

Lesson 14　没句にたいする考え方

　川柳は本来個人的な主張がテーマですので、選者に "抜いてもらいたい" という思いで作句するものではありません。ただこれは作句する際の建て前であり、内心では誰でも "抜いてもらいたい" と思っています。抜いてもらえば喜びも倍増します。また、"抜いてもらった" ということは、少なくとも第三者（選者もその一人）から評価されたことであって、客観的評価が得られたことになります。作品は一人でも多くの方から評価を得て、共感を得て価値を得るのです。

　とは言え、投句した作品がすべて "抜ける" とは限りません。どちらかと言えば "抜けなかった" 句の方が多く、がっかりしてしまいます。ならば "没" になってしまった多くの句は無駄だったのでしょうか。決してそのようなことはありません。そこで "没句" の取り扱いについて考えてみましょう。

① 没句は秀句への一里塚

　没句は必ず見直してみましょう。見直すことによって "没" になった理由を捜し出すことができます。テーマはどうか、視点は斬新か、もっと端的な言葉はなかったか、表現に無理はなかったか、自分の独り善がりではなかったか、リズムはどうか、など謙虚な姿勢で句を見直してみましょう。きっと何かに気づくものです。気づけば一歩前進です。没句は願ってもない研究材料であり、練習問題です。

② 没句は秀句だった

　没句と言えども作者の思いやエネルギーは蓄積されています。選者の好みや考え方が作品と合わなかっただけかも知れません。没句は再度挑戦させてもいいのでは？ と思います。作者の思いを継続させる執念も大事です。

　没句となったけど、"この句は決して悪くない" という自負があるのならば、没句を修正することなく再度別の句会で投句することを試

みてください。結構 "抜ける" ものです。つまり、句の善し悪しは絶対的なものではない、ということです。句に対して違った方向から光を当てると違った輝きが出ることもあります。ただし、三度挑戦しても "没" になるようであれば、句に何らかの問題があると考えたいですね。

One Point Lesson

没句供養

没句となった句は通常、破棄される運命にあります。しかし、後日みんなで "なぜ没になったか" を検討するよき資料でもあります。この際、仲間の句をみんなで検討するのが一番勉強になるのですが、中には自分の句が俎上に載せられるのを嫌う方もいます。容赦のない批判に耐えかねて川柳を止める方も出てきます。このような恐れがある場合は、他の句会の没句を手に入れ、それらを検討資料とするのも一つの方法です。

フィクション (Fiction)

フィクションとは虚構、つまり、嘘の構成ということです。小説の大部分はフィクションで成り立っています。ノンフィクションはすべて真実か、というとそうではありません。ノンフィクションでも編集作業の中で編集者の意図が反映されています。私小説でも真実が三割、フィクションが七割でないと面白くないと言われています（瀬戸内寂聴談）。川柳入門書などには、体験に基づく実感句を作れ、とよく書いてあります。基本的に間違いではありませんが、川柳も文芸の一ジャンルです。実感できないはずの男性（女性）が女性（男性）を詠むことで、女性（男性）の本質により鋭く迫ることができます。未知の世界へぎりぎりまで感性を高めてその領域に近づければ、実感句以上の迫力が得られます。フィクションであればこそ真実に迫れる、そんな気持ちでフィクションの世界に挑戦してみましょう。

One Point Lesson

コンプレックス (Complex)

　オーストリアの心理学者・精神医学者であるフロイトは自由連想法による精神分析療法を創始し、無意識の心理学として精神分析理論を確立しました。彼の定義によれば、コンプレックスとは"感情や行動に影響を与える無意識の心の中の拘り"とされています。一般に、コンプレックスといえば劣等感 (Inferiority complex) を指しているようですが、英語からも分かるように、優越感 (Superiority complex) もコンプレックスの一種です。人間は皆弱点を持っています。その弱点を知られたくないと思っています。だから一見格好がいい優越感の下に劣等感は隠され、抑え付けられています。しかし、文学の世界では劣等感に悩まされている人物に同情と共感が寄せられるようです。劣等感に悩まされている自分の代役を登場人物が演じてくれているからでしょうか。川柳も同じようなものです。優越感も劣等感もすべての人間が持っている表裏一体の拘りであれば、まず、自分の心の中の劣等感を五七五で吐き出して読者を引き付け、読者に安心感を与えることです。必ず共感が得られ、高い評価が得られます。川柳は本音の世界だからです。

漢字の読み方

　日本の漢字はいろいろな読み方があります。それも辞書に書いてある読み方であればいいのですが、短詩の場合は、度々辞書にない読み方に出合います。例えば、亡母、実母、養母、義母と書いて、"はは"と読ませたり、娘を"こ"、戦友を"とも"、女を"ひと"、生活を"くらし"と読ませることがあります。あまり感心した使い方ではありませんが、まかり通っているのも事実です。漢字は絵の要素を持っていますので、その効果を借用したのでしょう。どこまで許されるのか、皆で考えてみましょう。

●実践6

"没" になった理由を考えよう

　下記の句には選者が没にする原因や理由がきっとあるはずです。没になった原因や理由を考えてみましょう。"人の振り見て我が振り直せ" です。"行を省みる者はその過ちを引かず" という言葉が「晏子春秋」にあります。"行" を"没句" に置き換えてみましょう。

① 花ばかり撮ってると女むくれてる
② 霧雨が傘の裏から降ってきた
③ 四季の野草春夏秋冬楽しませ
④ 休みでも熟の明かりはついていた
⑤ 六法全書はどこを空けてもみなクール
⑥ チャンスなのに議論ばかりをしてる人
⑦ 押し出しのデッドボールで甲子園
⑧ 早慶でいいよと子には言ってるの
⑨ 些細な事で隣の人と喧嘩をし
⑩ 帆船も不況風では走れません
⑪ ビール腹みて鬱ではないと医者が言い
⑫ 反抗する気力を削いだと自慢をし
⑬ 壷の色は出ないと炎の色を見て
⑭ 漂白してからあなたの色に染まります
⑮ 親は親子は子と理解あるようで
⑯ 肩書きが消えた名詞の名は孤独
⑰ 馬鹿でしたと懺悔・未練を繰り返す
⑱ ばつ一と言わずにあれはリハーサル
⑲ 水入りの敗者に柏手暖かい
⑳ 「記憶にありません」で通してきたと自慢をし
㉑ 死期迫るかお見舞い客が多いこと
㉒ 台風のお影台風また来てね
㉓ 月の光にキラキラキラと霜柱
㉔ 美味そうにカマキリ蜂の頭食う
㉕ 梅干しのような顔して泣き笑い

川柳は十七音、一字一句を大切に

　川柳は十七音で表現される短詩です。それだけに一音一字を最大限に活用して内容を深めたいものです。例えば、一字を疎かにした場合、$1/17＝0.06$（約6％）、つまり、94％の内容の句になっている、と理解すべきです。もし、三音の無駄な言葉があるばあいは、$3/17＝0.18$（約18％）、つまり、82％の内容の句になっているかもしれません。このように考えると、制限字数を100％有効に使いたいものです。そのためには作品を見直して

1. 句の中で、意味の重なり合った語句はないか
2. 省略（削除）できる語句はないか
3. 削除した語句の替わりの語句としてどのような語句が的確か
4. 同じような意味を表現するのに、もっと短くて端的な語句はないか
5. 助詞の使い方は適切か

などの視点から推敲すると、句に潜む欠点を見つけることができます。

　川柳は省略の文芸と言われます。言葉の省略は読者の想像の世界を広げ、それが内容を膨らませる効果を与えます。逆に、省略がないと説明的になりやすく、平凡な句になります。だからと言って省略し過ぎると意味不明になり、独り善がりな句になります。活字になれば難解句を解釈してくれる人もいますが、句会向きではありません。この点が省略の難しさですが、いい句を参考にして省略の仕方を研究しましょう。

　なお、省略とは語句を省くことであり、単語を縮めることではありません。日本人は語句を上手に縮めると言われます。例えば、パーソナルコンピュータをパソコンという具合に。世間に通じる短縮語な

らば川柳に使ってもいいのですが、自分勝手に短縮した語句や短縮した最新流行語は使わないようにしましょう。

一方、一句の中にあれもこれも言いたい、と内容を詰め込み過ぎると、作者の意図が分からなくなります。それでは川柳になりません。川柳は一句の中に一つの主張があれば十分です。一つの訴えにすべてをかけてください。

なお、川柳は小さな舞台のドラマです。豪華な舞台装置は省き、普通の役者（言葉）を効果的に配置しましょう。川柳史に残るような名句は難しい言葉を羅列したような句ではなく、概ね分かりやすい句であることを知っておきましょう。要は言葉を多く使うのではなく、一字、一語、一句にも気を配ることです。

━━━━━ One Point Lesson

四字熟語

いろいろな事象を言葉で表現しようとするとき、故事成句や四字熟語は、深い意味を含んでいるため大変便利です。また、使い方によっては非常に効果的で、説得力があります。既成の川柳でもよく目にします。しかし、これらの言葉はあまりにも奥深い意味を持っているため、作者の意図する句意を大きく上回ることになりかねません。つまり、作者の言わんとするテーマがこれらの言葉の陰に埋没しかねない、ということです。従って、川柳情報誌などでは、できるだけ故事成句や四字熟語は使わいように、と記載されています。

次の句をあなたはどう感じますか？

七転八起・喜怒哀楽に満たされる

上記の句、作者の意図するテーマも句意も分かりますが、四字熟語の存在感が大きく、"満たされる"だけでは作者の表現上の個性はまったく感じられないと言うほかありませんね。

推敲

詩や文章の字句をあれこれと練り直すこと。唐の詩人、賈島が自分の作品「僧は推す月下の門」の"推（おす）"を"敲（たたく）"に改めるかどうか迷っているとき、偶然韓愈が通りかかったので彼に教えを乞うたところ、彼は"敲"にすることを勧めたので、賈島もこれに従い"敲"に改めた、という故事に基づいた言葉。

Lesson 16 助詞で句は変わる

　助詞とは、ある言葉の下に付いて、上の言葉と下の言葉の関係を示したり、程度や感動などの意味を添えたりする品詞です。例えば、"今日はお休みです" と "今日もお休みです" では一字しか違わないのに意味は随分変わります。"今日にお休みです"、"今日とお休みです" となるとまったく意味をなしません。このように助詞は短い言葉ですが、文に与える影響は極めて大きいものがあります。

　口語文法で助詞は、格助詞・副助詞・接続助詞・終助詞に分類されます。なお、助詞は助動詞と同じく付属語ですが活用形はありません。

　①**格助詞**　主として体言に付いて、その語が他の語に対して持つ関係を表します。結果的に格助詞は文中に位置します。の・が・に・を・へ・で・と・から・より、などがあります。
　②**副助詞**　いろいろな語に付き、副詞のように下に係わっていきます。まで・さえ・しか・ずつ・など・ばかり・ほど・やら・か、などがあります。
　③**接続助詞**　用言や助動詞に付いて語の前後を続ける役目を果たします。から・て・ても・のに・けれど、などがあります。
　④**終助詞**　文の終わりに付いて、疑問、感動、強調、禁止、願望などを表します。か・な・ね・とも・ぜ・ぞ・よ、などがあります。

　上記のように、助詞は簡単な語ですが、文中での働きには大きいものがあります。最近、新葉館出版より「よい句をつくるための川柳文法力」(江畑哲男著) が出版されました。助詞や形容詞などの活用法などの他、作句力向上を目指した多様な内容になっています。是非参考にして頂ければと思います。

—— One Point Lesson

庭を崩して野にする

　助詞の "に" や "は" を "の" に変えると句が引き締まるという意味。これは江戸時代の「俚言集覧」にある言葉だそうです。短詩の助詞の使い方を指南したものです。下記の句を比べ議論しましょう。

　　Ａ 雨の夜は雨に抱かれる従順に
　　Ｂ 雨の夜の雨に抱かれる従順に

　　Ａ 街中にマスクが歩く乾燥期
　　Ｂ 街中のマスクが歩く乾燥期

堅い言葉 → 名詞

　名詞は活用形が無いので、助詞や形容詞を付けて言葉に繋がりを持たせます。特に、川柳では十七音と制限された短詩だけに、名詞が多いと句全体が硬直化し、また、読みづらくなります。

　川柳マガジン文学賞大賞候補作品（五十三句）を見てみると、句の中に名詞が四つある句は二句、残りはすべて三つ以下でした。候補作品とは関係ありませんが、すべて漢字で書かれた句も挙げておきます。参考にしてください。

　　　人はみな自分色したパンを焼く　　　　　（上野楽生、大賞作品）
　　　水を飲む時人間の音がする　　　　　　　（平田朝子、準賞作品）
　　　火口覗くいちばん好きな人といる　　　　（山内郁代）
　　　女性登板東京地検特捜部　　　　　　　　（田口麦彦）
　　　愛国心不毛自虐的教科書　　　　　　　　（堤丁玄坊）

Lesson 17 新しい視点を見つける

1 よく見る、そして、見られる

　最初から新しい句材を探そうとするのではなく、まず身の回りの生活を見て、句材を拾うことから始めましょう。

　家族の何気ない動作や表情、会話、喜怒哀楽の理由、子どもの遊び、犬や猫の表情、テレビや新聞・雑誌のニュース、気象情報、隣から来る騒音、駅や道行く人の表情、若者や老人の行動など、具体的な事象を細かく観察することからスタートしましょう。次に、自分が観察するのではなく、観察される立場になった時どう見られているかも考えることです。柔軟に動く視線・視点から新鮮な発想は生まれるものです。さらに、これらに自分の考えや感情を移入してドラマにします。ドラマのテーマは一つで十分です。テーマは誰でも分かるように明確にすることが大事です。最初から抽象的で分かり難いテーマの選択は避けましょう。

2 ５Ｗ１Ｈの活用

　５Ｗ１Ｈ、つまり、Who（誰）、When（何時）、Where（どこ）、What（何）、Why（なぜ）、How（どのように）を言葉に当てはめて考えてみましょう。

　例えば、課題《涙》に５Ｗ１Ｈを当てはめてみます。

　Who：誰の涙ですか?
　　自分? 子ども? 恋人? 母? 父? 象? 雀? 鬼ですか。
　When：どんな時の涙ですか?
　　喧嘩した時? 別れた時? 映画を見た時? 嬉しかった時?
　　悔しかった時? 草原で寝ころんでいた時ですか。
　Where：涙を流したのはどこですか?
　　ベッドの中? バス停? 腕のなか? 旅の宿? ビルの屋上?
　ひっそりと物陰で? 衆人の真ん中でですか。

What：どんな涙ですか？

　大粒の涙？　頬を伝わる涙？　目の中に溜まっている涙？

　ぽとりと落ちる涙？　虹色に見える涙ですか。

Why：なぜ涙が出たのですか？

　死別？　怒り？　感激？　残念？　合格？　メロドラマ？

　思い出に耽っていたから？　演技上ですか。

How：涙が出てどうしました？

　見られないように？　零れるままに？　零れないように？

　武器に？　そっと拭き取る？　笑って誤魔化しましたか。

など、いろいろ浮かんできます。このイメージを更に膨らませ、最も自分の気持ちに合った状況から切り込んでください。切り込んだらその世界を発展させましょう。

　5W1Hの手法は、句の推敲にも役立ちます。まずは具体的に考え、それを自分の本心にぴったり合う言葉と結びつけて五七五にまとめます。

③ 辞書を引く

　辞書を引く習慣をつけましょう。特に、課題吟の場合は知っている言葉でも必ず辞書を引き、"課題の意味"を確認しましょう。気に入った辞書を身近に置いておくことをお勧めします。また、函入りの辞書は函から出しておきましょう。辞書は飾るものではなく活用するものです。活用できる状態でないと"後で"と思い、そのうち引くことを忘れてしまいます。

　辞書の種類も出来るだけ多く揃えて、同じ語を複数の辞書で調べるのも面白いものです。また、類語辞典や漢和辞典、逆引き辞書、百科事典、歴史辞典、故事ことわざ辞典、図鑑類などあればより楽しめます。電子辞書にはこれらが内蔵されています。国語辞典は言葉の意味や使い方を、類語辞典には類似した言葉や表現が記されています。また最近「日本語　語感の辞典」（中村明著、岩波書店）のようなユニークな辞典も出版されています。書店で探すのも楽しい

ものです。"美しいもの" を単に "美しい" と言ったのでは感動を呼びません。辞書を活用して月並みな表現からの脱却を図りましょう。

④ 情報源は広く

　新聞や雑誌、単行本、テレビ、演歌、何気ない会話などの中に句材やヒントが溢れています。これだと思った言葉や表現、考え方は必ずメモして忘れないようにしましょう。多くの情報源は川柳の世界を広げます。作詞家の星野哲郎氏は、これはと思った言葉やテーマは直ちにメモして箱に投げ入れておくと、後で奥様が分類・整理して保管されるとのことです。作詞に困った時にそのメモが大変役立つという対談を聞いたことがあります。要は引き出しを多く用意しておくことです。

　なお、鉛筆とメモ用紙は常に身近に置いておきましょう。行動するときはポケットや鞄に、寝るときは枕元に、トイレや風呂の中に置いている人もいるそうです。先にも申しましたように、"後で" では忘れること必定です。折角のいい発想や視点、場合によっては句そのものが消えて無くなります。

⑤ 自分が求める名句をいくつか覚えておく

　自分の好きな句をいくつか覚えておき、"このような句を作りたいなー" と "いつも思っている" ことが大事です。求める句の世界に遭遇することは意外に多いものです。遭遇したら未完成作品でもかまいません。作品にしておきましょう。推敲は後でも間に合います。当然のことですが、名句そっくりにならないようにしましょう。

One Point Lesson

スランプ（Slump）

　スランプとは、ある物事にある程度習熟した段階で一時的に不振に陥った状態です。川柳では入門して二〜三年の間にスランプに陥る人が多いようです。これは川柳がある程度分かるようになるからです。この頃になると自分の句の欠点も見えてきます。その欠点を打破することが容易でないと感じたときスランプに陥ってしまいます。

　スランプを脱する方法は心にゆとりを持つことです。スランプとは階段にある踊り場みたいなもので、ここで一息つくゆとりが大事です。次に、自分の好きな作品を見ることです。自分が何に突き当たっているかを感じさせてくれます。また、視野を広げることです。読書をし、映画を見て、町を散歩して人間の生活をじっくり眺めることです。また、公園を散策して自然の中にどっぷりと浸かる、これも心のリフレッシュになると思います。

　スランプになったら上達への一里塚と考えましょう。スランプと上達を繰り返しながら長〜く楽しめるのが川柳です。

　スランプはある意味で人生の素晴らしい伴侶と言えるでしょう。

主体と属性

　川柳における主体とは、他に対して意志や行動を働きかける人間（時として人間以外の生物や無生物）を指し、この主体を通して作者の主張を展開します。属性とは、あるものに備わっている固有の性質を指します。川柳においては、この主体と属性をうまく使って表現を広げることができます。

　例えば、老人を主体とすれば白髪は属性となります。医者（主体）といえば白衣は属性となります。つまり、川柳では"白衣"といって暗に主体の医者や看護師、研究者を表すことができます。白髪といって老人を暗示させます。課題吟で課題を詠み込みたくない場合などで有効に使えます。間接的表現ではありますが効果的な表現法の一つです。

Lesson 18 川柳の味

　川柳は人間の生活を詠む文芸です。言い換えれば、人間の生活の本音の部分をえぐりだす文芸、生活の過程で生み出される喜怒哀楽を五七五で映像化する文芸であるかもしれません。しかし、川柳はわずか十七音で表現される短詩ですので、あらゆる生活事象を一句の中に盛り込むことは出来ません。そこであることに焦点を絞ることになります。このようにして作られた川柳を分類してみると、いくつかのグループに分けられることに気づきました。これが昔から言われてきた川柳の三要素、つまり、"軽み"、"ユーモア"、"穿ち" であります。これこそ川柳の基本味といえるものです。しかし、人間の生活も文明の発達とともに多様化し、考え方も個人中心の生活になってきました。それは川柳の表現にも影響を及ぼし、個人の、集団の深層心理がストレートに、情念の世界が猥褻とは違った表現で、赤裸々に描かれるようになりました。しかし、どのような内容でも、"穿ち" が最も重要な要素であると言われています。復本一郎氏は「知的に楽しむ　川柳」の中で、"川柳は穿ちで成り立つ" と断言しています。つまり、"軽み" も "ユーモア" もその根底に "穿ち" がないと淡白な味にしかならない、ということです。下記に川柳の三要素 "軽み、ユーモア、穿ち" の利いた川柳を紹介します。例に挙げた川柳は一つの要素だけで成り立っている訳ではありません。この要素が強いのではないか、という観点で分けております。鑑賞してみてください。

1 軽み

　軽率とか軽薄という意味ではありません。垢抜けしてさっぱりしているが、その奥には深い味わいのあるような句を指します。軽みは枯淡味、洗練味とも言われます

　　ぬぎすててうちが一番よいという　　　　　（岸本水府）

　　飲んでほしやめてもほしい酒をつぎ　　　　（麻生葭乃）

神様へ親子五人と申し上げ　　　　　（椙元紋太）

無い筈はないひきだしを持って来い　　（西田當百）

② ユーモア

　ユーモアを滑稽と訳し、駄洒落やわざとらしい笑い、品のないくすぐりと理解しいる人もいるようです。しかし、ユーモアを辞書（角川必携 国語辞典）で見ると、上品なおかしさや面白さ、と書かれています。つまり、川柳でいうユーモアとは、心の底から自然にわき出るような、真実味のある笑いであり、おかし味であります。前にも書きましたように、岸本水府は"本当のユーモアには涙がある"と言っています。

異議なしと異議ありそうな声でいう　　（大木俊秀）

母親はもったいないがだましよい　　　（古川柳）

茹で玉子きれいにむいてから落し　　　（延原句沙弥）

正直に粗品と書いてある粗品　　　　　（高橋散二）

長靴の中で一ぴき蚊が暮し　　　　　　（須崎豆秋）

③ 穿ち

　穿ちという語を辞書で引くと、穴をあけること、隠れた真実をとらえること、人情の微妙な点をうまく言い表すこと、と書かれています。これを川柳的にいえば、人情の機微に触れてう〜んと唸らせ、ポンと膝をたたかせる、となるでしょう。鋭い観察眼で事象の本質をつかみだし、その裏側も洞察した句が穿ちの利いた川柳と言えるでしょう。

女房と相談をして義理をかき　　　　　（古川柳）

二と二では四だが世間はそうでない　　（近藤飴ン坊）

止まり木にすがる哀しい愛ひとつ　　　（松田悦子）

家を売る日のひとときを父の墓　　　（定金冬二）

人間の勝手なものに四捨五入　　　（岸本水府）

牛を売り娘を売った米の味　　　（井上剣花坊）

One Point Lesson

説明句

　解説句とも言います。事象をただ説明しただけの句です。句の最後に"あぁ、そうですか"という言葉をつけてみるとぴったり合うとも言われています。説明句は事象の説明ですので内容は分かりやすいのですが、心に響くものが無いし、作者の訴えも概して弱くなります。誰が読んでも同じような感想だし、鑑賞の範囲が限定され面白味に欠けます。説明句を避けるためには、事象を懇切丁寧に解説するのではなく、分かりきった言葉は省略して鑑賞空間を設けることです。そうすることによって句は膨らみ、生き生きとしてきます。説明句が初心者に多いのは仕方のないことですが、視点がよければ面白い句になるでしょう。句は捨てずに推敲してください。

説明句を避ける

　説明句は一つの言葉、あるいは、事象を丹念に述べることから生まれます。従って、課題やテーマとなる一つの言葉・事象のほかにもう一つの課題・事象を想定し、それを取り込む形で作句すると説明句を避けることができます。例えば、"油断"という課題に対して、"妻"を想定し、
　　油断大敵妻がやさしく茶を入れる　　　（吉松澄子）
とすれば課題"油断"の説明句とはなりません。
　想定される言葉や事象は課題と距離感のある言葉や事象を選ぶように、あるいは、想像してください。

Lesson 19 印象吟

　印象吟とは課題吟の一種で、言葉の代わりに図形や絵、写真などを見て、生け花や展示物を鑑賞して、音楽を聞いてイメージや感想を膨らませ、作句することです。

　例えば、課題に数字《3》が提示されたとした場合、"3"を丸（〇）の半分とイメージしてみましょう。また、"3"を横にして見た場合を想像してみると、次のような句が生まれます。

　　海静か海女は死角のない乳房

　　噴水に少しは濡れて涼を呼ぶ

　　陽の当たる面から解けた雪だるま

「楽しく始める　川柳（山本克夫）」から引用

　印象吟で注意したいことは、図や記号で提示された課題を見たまま詠むのではなく、それから連想されるイメージを句にすることが求められます。このことから、印象吟は頭を柔らかくする訓練になると言われる所以です。

　下記に印象吟の実例を紹介しましょう。は「川柳白牡丹（137号）」、Ｂは「川柳白牡丹（158号）」より抜粋。

今日こそは彼女のハート開かせる	（中島ルリ子）
しぼるほど出る母ちゃんの内緒金	（五月女博志）
ハンドルの遊び程度は認めます	（椎名七石）
溜め込んだ脂肪なんとか絞りたい	（安仁屋美樹）
月末の家計簿どうも締まらない	（平川秀子）
緩めると今にも走り出す夫	（片野晃一）
意を決し未知の世界の扉開け	（小島一風）
どっしりと座りテコでも動かない	（岡さくら）

B

どの顔も総理に向かぬ顔である　　（原　悠里）
育毛の失敗語る友の会　　　　　　（天貝重治）
競馬場番狂わせに泣き笑い　　　　（今井古泉）
腹の中はこんな顔です宮仕え　　　（堤丁玄坊）
人生は喜怒哀楽の日記帳　　　　　（坪田重人）
笑っても怒ってみても一生よ　　　（安田夏子）
悪党が豪華に並ぶ掲示板　　　　　（岡田利一）

●実践7

次の絵を見て印象吟を作ってみましょう

　下記の絵は二匹の猫がカンバスに描かれてある鶏に爪を立てているのですが、そのような説明をしただけでは印象吟にはなりません。ピントを大きくずらすことなく、絵からいろいろ連想をして句を作ってみてください。

———————————— One Point Lesson

川柳は歌

　リズムを大切にする川柳は歌の要素を持っています。聞いて楽しくなり、聞いてなるほどと思える句はまさに歌なのです。最近はじっくりと見て味わう"読む川柳"が多く、目を閉じて音楽を聴くような"聞く川柳"が少ないと言われます。披講の際、選者が"母"は"亡母"のことですとか、"おれ、おれ、おれ"は"俺、おれ、オレ"と書かれています、というように解説されることが多くなりました。川柳は目に訴えることも大事ですが、聞いただけで分かる川柳も大事です。見ても、聞いても、"一読明快"でありたいですね。

大人と子どもの五七五

　近年、教科書に川柳をとか、ジュニア川柳とか言われるようになりました。川柳を文芸として位置付けるために、あるいは、川柳を堕落させないためには、子どもの頃からの教育が必要かも知れません。俳句の宿題で、出来の悪い俳句を指して先生が、"それは俳句ではなく川柳だね"なんて言われるようでは困ったものです。ただ、川柳は人間を、人間の心を詠む五七五だとすれば、人生の喜怒哀楽や人情の機微により多く触れ、かつ、通じることが望まれます。川柳を始める適齢などはありませんが、やはり人生経験を少し積んで、人間の素晴らしさや醜さを味見できる方がいいのかも知れません。この視点からみれば俳句も同じでしょう。"侘び・寂び"を理解するためには人間を達観できる力が必要だと思います。

　もし、子どもに川柳を教えるとすれば、視点を変えると見えるものが違ってくることを体験させ、そしてそのことを子どもらしい素直な表現で、できれば五七五の定型でまとめさせることでしょう。

　子どもが作った俳句は殆どが川柳とも言われます。そうかもしれません。子どもの目はまず面白そうなものに、楽しめそうなものに向くのは当然のことですから。

　俳句が自然を主題に、人物は点景とした水墨画とすれば、川柳はデフォルメした人物画、あるいは、ブラックアングルの浮世絵かもしれません。

互選と合評

　多くの場合、事前に投句された句を無記名で一覧表にまとめ、その中の秀句から数句を参加者全員で投票し、高得点句を選ぶ方法を互選といいます。一覧表の句の頭には通常、番号が振ってあります。

　選ぶ句数や選ぶ時間は主催者の方で指定されるのでこれに従います。選んだ句を発表する時は○○選（例えば、太郎選）と呼名した後、選んだ句の番号を進行係に伝えます。この際、自分の句を選ばないように留意しなければなりません。参加者全員の投票が済んだ後、最も多くの投票数を獲得した句が互選の一位となります。

　普通、互選が終了した後、講評が行われます。この時はまだ作品の作者名は伏せてあるので、講評担当者は作者名に惑わされることなくコメントを述べることができます。なかには作者の作句意図と大きく異なるコメントもありますが、それがまた講評の面白さでもあります。作者は徒に反論するのではなく、"そんな見方、解釈の仕方もあるのだなー"という気持ちで講評を聞くゆとりを持ちたいものです。

――――――――― One Point Lesson

講評

　互選が終了した後、通常講評担当者が"この点が良い"とか"この表現に問題があるので、このようにした方が良い"とか理由をつけて解説します。これを講評と言います。この時、作品の作者名は予め伏せてありますので、講評者には作者名は分かりません。担当者は真摯に作品に向き合い、作品に対して講評します。作者に対する講評ではありません。従って講評を担当される方は、講評の趣旨を理解して思った通り堂々と述べることです。人間は誰でも褒められれば嬉しいし、貶されれば面白くないのは当然ですが、講評の時は前述の趣旨を作者も十分わきまえることが大切です。

　なお、鑑賞とは作品を深く理解し、味わうことで、講評とは若干ニュアンスが違います。

句会によっては合評を取り入れているところもあります。合評とは、参加者が個々の作品について自由に意見を述べ合うことです。きちんと合評のシステムを作って運営している句会もありますが、曖昧な合評の句会もあります。例えば、講評担当者が講評中に参加者が突如意見を挟むことが大目に見られている句会です。初めて参加する句会などでは、句会の雰囲気を素早く察することも重要です。

次に、合評のシステムを作って互選を行っている９９９番傘川柳会の現場を紹介します。

まず事前投句された作品の一覧表を参加者全員に配布、参加者は一覧表の作品から自分が最もいいと思った句を一句（二点）と、次にいいと思った句を二句（それぞれ一点）、併せて三句を選びます（これらは取り敢えず“正選”と名付けます）。

一方、問題点がある、あるいは、議論の余地があると思った句を一句選びます（取り敢えず“逆選”と名付け、マイナス一点）。参加者は選んだ句の番号を指定の用紙に書き入れ、記名して講評担当者へ出します。

次に、講評担当者は参加者それぞれに対して正選と逆選の理由を発表させます。それをもとに講評担当者がコメントしますが、この時、参加者も自由に意見を述べることが出来ます（合評）。最終的に作品の正選数と逆選数が確定し、点数で評価されます。最後に作品の作者が呼名し、合評を終了します。

これらの結果は、句会報にも記載し、翌月会員に配布されます。下記に正選と逆選の分野で注目された作品を、９９９番傘川柳会東京会場（現在「川柳乱」）の勉強会報（田制圀彦　整記）から選び、作品評の概略を紹介しましょう。

✪ 花吹雪貧乏人も浴びている　　　　　　　（古川ときを）

作品評　正選二点、逆選二点の問題句。逆選派の方は、貧乏人を差別している上から目線の作品だ、私も貧乏人だけど花吹雪くらい浴びて悪いのか、気にくわない、不愉快だ、と酷評。正選派からは、それはひがみだ、桜吹雪に貧乏人も金持ちもないのさ、桜は平等に咲き、みんなに降り注ぐ。いい句ですねーと評価は真っ二つ。

✪ 楊貴妃と小野小町とうちの妻　　　　　　（福島久子）

作品評　世界の美女とうちの妻と対比した、なんとも面白い句であります。それをどう解釈するかは読み手の自由。対等と解釈し、惚気の句と解釈した方、なぜこうも違うのかと解釈された方、おとぼけの句と解釈された方それぞれ。不思議な雰囲気を持った句ではありますが、逆選三点で、本日の逆選賞獲得。

✪ 平凡に飽きて麻薬が欲しくなり　　　　　（今川乱魚）

作品評　正選一点、逆選三点の注目句。清純派を売りにしていたアイドルが麻薬常習犯で逮捕、今やワイドショーでてんやわんやの大騒ぎ。ここに登場したのがこの句。安易な感覚で麻薬に手を染めるような印象を与える川柳は不謹慎である、と逆選派、一方、人間の本性として理解できるし、正直な句である、川柳は文芸であり、倫理・道徳を追求するものではない、という正選派。結構もめました。かつて、川柳界を揺さぶった、

　　　老人は死んで下さい国のため　　　（宮内可静）

の作句意図にも同様のものを感じる、とは事務局担当の圀彦さん。

◎ 語尾切って残りは顔に語らせる　　　　　（雨宮彩織）

作品評　駄目を押すところまでは言葉にしない、軽く睨む程度でその場を収める、という心憎い句であります。夫婦や家族の間でもよく見かけるシーン、落語でも語りの途中で話を切って間を持たせ、さらに説得力を強める技法にも似た句の仕上げ方。異論もなく正選七点のトップ賞獲得。

◎ 君が代に小節をいれてみたくなり　　　　　（福島久子）

作品評　何かと話題性に富んだ作品を披露する久子さん。いつものことながらとても普通の人の感性とは思えない。国歌に小節を入れて歌う発想回路が常道を逸しています。合評の最中、突然作者が小節をつけて "君が代" を歌いだされ、どう、面白くも何もないでしょう、と一同を見回す。一同唖然。何とも凄い勉強会であります。正選四点、逆選なしの注目句。

◎ 人は死ぬ早いか遅いだけのこと　　　　　（村田倫也）

作品評　大胆な句材を評価したいと正選一点、内容的に当たり前の域を出ない、早いか遅いかを言い切ってしまったので平凡感を拭うことが出来なかったと、逆選三点。早すぎる死か、長寿を全うした死かに絞れば物語性が出たのではないかという意見も。

◎ 朝刊ばさり孤独死置いていく　　　　　（伊藤嘉枝子）

作品評　思わずわが身にかえり、背筋がゾクッとしてしまう。孤独死、嫌な言葉だが目を背けることはできません。朝刊ばさり、の "ばさり" がよく利いています。この句は十六音、この点の議論もなされたが、結果は正選四点、逆選なしの不思議な結果。孤独死を、と "を" を入れれば十七音になるのだが。

●合評

容赦のない厳しい評、酷評こそ最高の友情である

逆選句の裏側には必ず秀句の芽がある

秀句の裏側には必ず落とし穴がある

合評は真実に近づく近道である　　　　　　今川乱魚

●実践8

互選と合評を実施してみましょう

Lesson 21 五七五を分解してみよう

　川柳は五七五の短詩、したがって、全体で味わうものですが、川柳を勉強する過程で川柳を上五・中七・下五に分けて、それぞれの役割を考えることは有意なことだと思います。

① 上五の役割

　上五（上句）は句のテーマの"切り口の導入部分"を担当します。したがって、上五が魅力的であるかないかで句の印象は違ってきます。特に、句会や大会などで課題を詠み込んだ場合、課題となっている言葉を上五に据えると不利になると言われています。例えば、ある句会での課題吟（課題：素人）の入選句（三十八句）のうち、課題の"素人"が句の頭に在った句が二十三句ありました。このようになりますと、披講の際に選者は、素人の、素人は、素人も、素人と、素人が、素人に、と素人から始まる句を二十三句読み上げることになります。選者も辛いと思いますが、句会参加者も、次もか、という気持になると思います。また、印刷物になった場合でも、"素人"が頭に付いた句がずらりと並ぶ結果になります。課題が頭に来るのは悪い句だ、と言っているのではありません。句会を盛り上げる作品とはなりにくい、ということを申し上げているつもりです。句会で投句する作品に課題を詠み込む場合は、出来るだけ課題は中七（中句）か、下五（下句）で詠み込む努力を惜しまないようにしてください。句会で"抜ける"一つの条件かも知れません。

　上五が"結論またはそれに近い内容"、あるいは、"問いかけ"であることがあります。この場合、上五は動詞あるいは疑問形が多く、結論に達した理由は中七や下五で述べることになります。表現法として面白く、また、結論を先に述べるので力強い表現となります。

例 川柳マガジン文学賞大賞候補作品から

世話になる世話になりたくない人に　　　（杉山太郎）

何故ですかマリオネットになった人　　　（三宅得三）

　なお、上五は破調でもリズムを壊さないと言われています。ただし、十音は越えない方がいいと思います。東葛川柳会（千葉）で"イラク戦争"という課題が出ましたので、次の句を出句しましたところ、選者から上五が長すぎると言われましたが抜けました。長い上五が逆に目立ったのかも知れませんが、真似しないほうがいいでしょう。

君死に給うことなかれを英語アラビア語に訳す（堤丁玄坊）

② 中七の役割
　文章の組み立て方の一つに"起承転結"があります。上五が"起"なら、さしずめ中七は"承"であり"転"で、下五は"結"となりましょう。つまり、中七はテーマの展開や結論への繋ぎをする重要な役割を帯び、同時にリズムを作る働きを持っています。次の例をみて勉強してみましょう。

(1)ドアチェーン外した罪の請求書　　　（谷藤美智子）

(2)死にたいくらいキラキラ夏の雲がわく　　　（三橋シロー）

(3)新築の寺の石碑に奈良時代　　　（兵頭猫目石）

(4)台風になりそうな芽は摘んでおく　　　（金丸ミドリ）

(5)雨蛙の合唱を聞く田舎道　　　（市原文翁）

(6)プライドをゴミのようには捨てきれず　　　（太田鳴子）

(7)鯉のぼりパパより上で泳ぎたい　　　（加藤光山）

(8)女性天皇うちに一方おわします　　　（田邉余市）

⑼大売出し枯葉のマークで颯爽と

⑽リトルリーグ夢はアメリカの方を向き

⑾見逃した球がなんとストライク

⑿歓楽街いらっしゃいと誘われる

　⑴から⑷までの句を見てみましょう。上五と下五の言葉の間には何ら関係ありませんが、中七の言葉が入ると上五と下五が見事に連結し、ドラマを描くようになります。⑸から⑻までの句をみてください。上五と下五を直接結んでも一応意味がとおりますが、中七が入るとさらに躍動する内容になります。

　⑼と⑽の句はともに中句が八音になっています。⑾と⑿の句は中句が六音です。⑼から⑿までの句を、声を出して読んでください。いずれもリズムが悪いことに気づかれると思います。このように中句は五七五のリズムをつくる上で重要な役割を果たしているのです。作者の主義主張に基づく場合は別ですけど、"うっかり"して中八や中六の句にならないように気をつけましょう。

❸ 下五の役割

　前述しましたように、下五は句の"結"に相当します。"結"は結論を出す、という捉え方ではなく、"一旦締める"という捉え方の方がいいと思います。なぜならば、読者にも鑑賞空間を残しておくためです。しかし、下五を軽く考えてはいけません。下五が"座五"とか"止め五"とか言われるのも、この下五がいかに重要であるかを示唆しています。川柳作家の中には、"句は下五で決まる"と断言される方がいるくらいです。では"どのように表現したらいいのか"ということになると明解な答えはありません。しかし、いくつかの汎用される表現や嫌われる表現がありますので、これらについて簡単に触れておきたいと思います。

Ⓐ "し止め"は嫌われる

「俊秀流 川柳入門」に分かりやすい解説がありますので、引用させて頂きます。

終止形が"○○する"という動詞の連用形である"○○し"を下五に据えることを"し止め"といいます。例えば、迷惑する→迷惑し、節約する→節約し、成功する→成功し、失敗する→失敗し、研究する→研究し、結婚する→結婚し、子守りをする→子守りをし、のように"する"がつく動詞の連用形"し"で止めることです。

では、なぜ"し止め"が嫌われるのでしょうか。それは川柳の起源に起因する、と説明されています。後で詳しく説明しますが、川柳は"前句付"から独立したものです。この"前句付(川柳)"は"前句"と一緒に読めば特に違和感はありませんが、"前句付"だけを独立させて読むと"座り"が悪く、落ち着かない感じになります。"し止め"が嫌われる理由はここにあるらしい、ということです。例えば、

　　前　句　　　今が盛りじゃ今が盛りじゃ

　　前句付　　　江ノ島を見てきた娘自慢をし

つまり、上記の句をつなぎ合わせて

　　江ノ島を見てきた娘自慢をし今が盛りじゃ今が盛りじゃ

と読めば違和感は無いのですが、"前句付"だけを独立させて

　　江ノ島を見てきた娘自慢をし

とそのまま川柳にすると、どうも落ち着きが悪い、ということです。このことが"し止め"が嫌われる理由らしいということです。

なお、連用形の語尾が"し"になる動詞があります。例えば、貸す→貸し、増す→増し、荒らす→荒し、過ごす→過ごし、刺す→刺し、などは語尾が"し"でありますが、"し止め"ではありません。なぜならば"する"が"し"になったのではないからです。

また、形容詞の美しい→美し、すがすがしい→すがすがし、若々しい→若々し、なども"し止め"とは言いません。これらは口語体の

形容詞が文語体の終止形になっただけのことですから。とは言え、川柳は形容詞といえども口語体で詠みたいものです。

B 漢字の一字止め

下五の最後を一字の漢字で止めることを"漢字の一字止め"といいます。多くは下五が六音になる場合、五音にしたいため無理して"漢字の一字止め"にすることが多いようです。"漢字の一字止め"は響きが悪く、いい句にはなりません。このような場合は言葉の並びを変え、無理の無い表現にしたいものです。

例 来る→来（背負って来）、似る→似（親に似）、見る→見（野球を見）、寝る→寝（昼間に寝）、得る→（利益を得）、居る→居（座敷に居）

C 動詞の終止形止め

下五を動詞の終止形で止めると、余韻は残りませんが、句意がはっきりするので力強い句になります。一方、断定的な響きを持つ句になるので注意してください。句のテーマや作句意図によって、"終止形止め"にするか、次の"連用形止め"にするか選択されればいいと思います。

下記の句、あなたはどちらがお好きですか？

(a) 恋せよと薄桃色の花が咲く　　　　　（岸本水府）
(b) 恋せよと薄桃色の花が咲き

(a) カタカナに漢字のルビが欲しくなる　（槙原真沙志）
(b) カタカナに漢字のルビが欲しくなり

D 動詞の連用形止め

下五を動詞の連用形で止めると、句に余韻が残り、解釈の幅が広がります。力強さは"終止形止め"よりは弱い感じになります。"終止形止め"と比較はできても、優劣を競う問題ではありません。

(a) おことわりなさいと妻の肘が言う　　（上野山東照）
(a) おことわりなさいと妻の肘が言い

⒜ 菓子折りの割にうるさい杭を打ち　　（和田いさむ）
　⒝ 菓子折りの割にうるさい杭を打つ

E 体言止め

　下五を体言で止めると、動きのない止めになります。一方、安定
感は増します。修飾語が付かないと、ぽつんと孤立した語になりやす
いのですが、これを逆手に取り面白い味を出した句もあります。
また、体言が二音とか三音のように短い場合に修飾語が付きますと、
句跨ぎの句になりやすくなります。

　　ライオンのような欠伸をするな妻　　　　（大木俊秀）
　　かたまりで落ちた哀しい紙吹雪　　　　　（井上信子）

F 助詞で止める

　多くは終助詞、"か、な、よ、さ、わ、とも、かも"などで止める表
現方法で、疑問、禁止、感動、強意、願望などを表します。例えば
下五が、食べますか、この愛を、あの海よ、悔いるかも、知ってる
さ、言わないわ、のような止め方になります。終助詞以外の助詞で
止めると、句が不安定になりやすいので注意しましょう。

　　なぜ好きかわからないのに好きなのよ　　（坂梨和江）
　　お別れの会なら安くすみそうな　　　　　（中澤　巌）
　　ジャンケンポンあなた私と死ねますか　　（北浦太郎）
　　産んだ子に視線外していませんか　　　　（浜本耀子）

G 下六はリズムが悪い

　字足らずの下四の句はほとんど見かけないのですが、下六の句は
時々見かけます。下六の句を下記に例として挙げておきます。"座り"
がよくないことに気づかれると思います。

　　ベランダの怪我した鳩にそっと餌を
　　泥だらけ怪我も絶えないガキ大将
　　物忘れ強い味方はコンピューター

One Point Lesson

作者と読者

馬死んでひとみの深さへ落ちていく　　　（佐藤岳俊）
すぐに止む霙の中を歩いている　　　　　（大野風柳）

　上の句は中八、下の句は下六の破調句です。作者も破調であることは十分承知の上で発表されたものと思われます。

　ただ作品は発表されれば作者を離れ、作品は読者の鑑賞に委ねられます。上記の二句、皆さんはどのように感じられますか？

下六の押し

　作者の思い入れを強くするために、あるいは、この表現法以外に表現法がないと考えるときに、敢えて下五を下六にすることをいいます。

　下六には作者の強い意志がある訳ですから、他人がいろいろ言うべきことではありませんが、初心者は努めて下五に拘って欲しいと思います。

●実践9

下記の句の抜いた部分を自由に埋めてください。

① ☐☐☐☐☐ 愛ソプラノで歌い上げ

② ☐☐☐☐ 地位とお金があればよい

③ 干からびた ☐☐☐☐☐☐☐ 毒見する

④ 混浴は ☐☐☐☐☐☐☐ 人で満ち

⑤ 日本の景気ゴミ箱 ☐☐☐☐☐

⑥ 手探りで愛を求める ☐☐☐☐☐

作句のポイント 10

1 無駄な言葉は省略する

　川柳はわずか十七音でドラマを書く訳です。冷たい水、暖かい太陽、美しい花、清らかな川、赤いリンゴなどの形容詞は余程のことがない限り不要です。酒を酌む、酒を愛でる、酒の席などは前後の言葉から殆ど"酒"という一つの言葉だけで十分その様子が察せられます。素晴らしいテーマもドラマも不必要な修飾語や重複語で平凡な句になってしまいます。作品は必ず見直して、省略できる言葉はないか、チェックしましょう。

2 作者の主張のない句はつまらないが、感想まで述べる必要はない

　作者は句の中で少なくとも一つは何かを訴えたいものです。しかし、作者自身がその句の中で、訴えに対する結論や感想まで言ってしまいますと、読者は何もすることがなくつまらなくなります。読者に対しても自由に解釈し、鑑賞できるような余地を残しておくことが大事です。この余地が句に広がりと深みを作り出します。

3 正しい日本語で作句する

　私達は日本人ですので正しい日本語を使っていると思っています。しかし、日常会話をそのまま活字にすると思い掛けなく落とし穴に落ちることがあります。代表的な落とし穴は、"ら抜き言葉"と"い抜き言葉"です。例えば、

　　ミス日本見れぬ姿で起きてくる

　この句で、"見れぬ"は"ら抜き言葉"です。"見られぬ"が本当です。ここで"見られぬ"とすると音が一音増えますから中八になってしまいます。そこで、

　　ミス日本見られぬ顔で起きてくる

とすれば破調にはなりません。

跳ぶ走る寝てる泣いてる保育園 　　　（堤丁玄坊）

　この句で、"寝てる" "泣いてる" は "い抜き言葉" です。"寝てる" は "寝ている" か "寝る" にします。"泣いてる" は "泣く" か "泣いている" にします。

跳ぶ走る寝る泣いている保育園 　　　（修正された句）

④ 個人的な物事や感覚での答えの押し付けは避ける

　例えば、孫の句などによく見られます。孫はその家族にとって可愛さの対象であり、興味の対象であることは分かります。しかし、他人にとってはただの子どもです。孫の可愛さを他人に押し付けるのはいかがなものでしょうか。どうしても孫の句を作ってみたいならば客観的に、あるいは、視点を変えて表現することです。

　東葛川柳会の「ぬかる道」№176に《可愛くない孫》という課題吟が掲載されていますので紹介しましょう。

おばあちゃんはいつ死ぬのかとつぶらな目 　（加瀬八子）
じいちゃんは生きていたよと孫が言う 　　　（松岡満三）
ばあちゃんよ美人薄命ほんとだね 　　　　　（中沢広子）
うちに来てママの実家を誉める孫 　　　　　（大西豊子）
プレゼント渡せば孫は膝を下り 　　　　　　（山本義明）
孫の手で親の敵をとりに来る 　　　　　　　（加藤富清）
着いてすぐいつ帰るのと孫が聞き 　　　　　（古川茂枝）

　可愛い孫の憎たらしい一面に焦点を当てると面白い句になります。川柳は読者の共感を得ることが大事なのです。

⑤ 作者の独断は禁物

　誰が読んでも、その通りだ、と思えるような句を作りましょう。例えば、

女の子は酒飲みながらジュース飲み

　たまたまこのような場面に遭遇したかもしれませんが、これでは

女の子すべてがそうである、と言っているようです。作者の独断は禁物です。では、次の句はどうでしょうか。

**　苦しみから解放された仏様**

　逝ってしまった友人の生前を知っていれば、この句の意味も分かるかもしれません。しかし、本人は苦しみを逃れたくって仏になったかどうかは分からない訳ですから、この句は立ち入り過ぎでしょう。もっと事態を客観的に描いて、解釈は読者に任せるのがいいと思います。

⑥ 差別語・不快用語は使わない

　体の不自由な人達、職業、身分、人種、学歴、容姿などにおいて人間を差別するような言葉は決して使わないようにしましょう。また、差別していることが明白な表現は慎むようにしましょう。このような言葉を使い、何かを表現するようでは作者の人格が疑われます。

　政府では、昭和五十六年に"不具廃疾者"という言葉をすべての法規類から削除しています。また、東京地方裁判所は"ちび、ぶす"と中傷された女性が起こした名誉毀損の損害賠償訴訟で、"節度を越えた低俗な人格非難・中傷は名誉毀損に当たる"と判断し、一人につき三十万円の慰謝料を命じています。

　川柳だからという特別な意識は持たないようにしたいものです。川柳の要素である風刺や穿ちも、一歩間違えば人に不快感を与えかねません。悪事を働いた人を川柳で衝くにしても、罪を憎んで人を憎まず、の心を忘れないでください。「川柳を学ぶ人たちへ」(竹田光柳著)から抜粋。

　大木俊秀氏は、(一社) 全日本川柳協会編「川柳入門事典」の中で、"人間の生命を軽んじたり、身体や性を興味本位に詠んだり、弱者と呼ばれる人を揶揄・侮蔑したりしては絶対にいけない"と言っています。

◈ 差別語・不快用語の例

　めくら、つんぼ、ちんば、びっこ、気ちがい、百姓、小使い、

女中、下男、下女、屑や、犬殺し、くろんぼ、ちょーせん、でぶ、ちび、はげ、床や、坑夫、町医者、歯医者、産婆、人夫、女工、うんちゃん、老婆など。

　また、これらの言葉が入った熟語などが挙げられています。自分が言われて不愉快になるような言葉は相手にも不快感を与えるということです。

7 いたずらに固有名詞や専門用語は使わない

　ある特定の人しか知らない固有名詞や専門用語を使った句は多くの人に理解されません。ただ、企業が募集する企業川柳は商業活動の一環ですから、商品名を入れてもかまいませんが、通常の句の中に商品名を入れるのは避けたいですね。川柳は作者の心を訴えるもので、コマーシャルではありませんから。

8 句は素直に作る

　穿った句を、ユーモア句を作ってやろうと意気込むと、却ってそのような句は作れないものです。最初は素直に発想し、素直な言葉で綴ってみることです。結果的に穿ちの利いた句に、ユーモア句になることが多いと思います。また、推敲しているうちに狙いの句になることもあります。

　なお、他人と違った個性のある句を、個性のある表現をと技巧を凝らし、奇を衒うと変な句になりかねません。句が理解されるためには、作者と読者の間に同じ思いがある方がいいのです。

9 一人称を乱発しない

　余程のことがない限り、一人称は詠み込まないようにしましょう。句の中で"自か他か"を判断するのは作者ではなく読者です。"俺が俺が"が強過ぎたのでは到底読者にいい感じは与えないでしょう。ただ、自分に批判の目を向けるような一人称の使い方であれば説得力が増強されます。自分をそれとなく誉めたり、自分は多くの人の代弁者であるというような気取った態度の一人称は恐らく読者に敬

遠されるでしょう。

⑩ 必然性のない言葉は動きやすい

　句の中でドラマを演ずる役者（言葉）はその役柄を存分に表現しなければなりません。父なのか母なのか、親であればどちらでもいいのか、桜なのか梅なのか、菜の花なのかレンゲ草なのか、春の花なら何でもいいのか。数詞も同じ。一なのか三なのか、長男なのか次男なのか末っ子なのか。ここをよく考えることが大事です。

　　例　三十年契りは今も変わらない

　三十年は作者にとって重要な数字かもしれませんが、第三者には何の関係もありません。第三者にとっては四十年でもいいのです。作者だけが三十年を振り返ってこれまでの年月を感慨深く、そして、今の幸せを味わっているに過ぎません。このような言葉を"動く言葉"と言います。

　ところで下記の句の数字は動く数字でしょうか。

　　　一人去り二人去り仏と二人　　　　　　（井上信子）
　　　二合では多いと二合飲んで寝る　　　　（村田周魚）
　　　争うた夜も枕が二つある　　　　　　　（小出智子）

One Point Lesson

「選後感」について

　一般の句会においては時間の制約もあって、選者がその都度「選後感」を述べるのは無理だとしても、句会報などで「選後感」が記載されていると、選者はどのような視点で選をされたか分かります。読者にとっても句材の選び方、表現の仕方など今後の作句に参考になります。新葉館の月刊誌「川柳マガジン」やＮＨＫ学園の機関誌「川柳春秋」には「選後感」が記載されています。「選後感」は選者の育成にも繋がり、また、選者と読者の心を結ぶ一つの方法だと思います。

One Point Lesson

女性川柳と男の川柳

　第二次世界大戦終了後、女性の自立と社会進出は目覚ましいものがあります。このことは川柳界においても同じです。戦後の女性川柳の特徴の一つは大胆な "性" の表現です。いわゆる、女性の情念句の登場であり、その先駆けとして林ふじをがあげられます。

　　　本当の力強さに抱かれたい　　　　　　　（三笠しづ子）
　　　処女の日の夢にまどろむ春の宵　　　　　（笹本英子）
　　　野獣求む急いで森の奥へ来よ　　　　　　（時実新子）
　　　火の女もろくも母の名に屈し　　　　　　（林ふじを）

　このように女性川柳は女性特有の感性があり、男性を寄せ付けない禁断の世界があります。このような世界に男の目線から入り込みますと、不潔感と嫌らしさが滲み出ることになります。男性が "性" を詠むとき最も留意せねばならぬことでしょう。

エロチック (Erotic) とエロチシズム (Eroticism)

　国語辞典の「大辞林」でエロチックとは、性的な欲望・感情を刺激するさま、エロチシズムとは、芸術作品で性的なものをテーマにしていること、と記載されています。もともとイズム (ism) とは、特定の理念に基づく主張や考えの指針であります。このことからして、エロチシズムとはあくまで芸術の一分野であることを認識しなければなりません。

　一方、川柳は人間諷詠の文学であるので、その根底には常に "男と女" が蠢いています。従って、ややもすれば格好な性的興味の対象となり、芸術性が失われてしまいます。このことは "川柳の堕落" というかたちで既に歴史が証明しているところであります。

　"性" も川柳の立派な句材でありますが、エロチックであってはなりません。川柳は性の本質を穿ちながらも、そこには健全な精神が流れるエロチシズムでなければならないと思います。

Lesson 23 選者をやってみよう

　競吟の場において作品の選を行う人が選者です。しかし"選"とは何かを突き詰めて考えると、"選"を簡単には出来なくなります。
　例えば、選者は広い視野と高い見識を持ち、作品や作者に対する鋭い洞察力を発揮しなければならない、なんて言われると、このような人はなかなか得難いのが実情です。何はともあれ、今の句会の現状では、句会進行上選者は必要だし、とにかく誰かが務めなければなりません。安易と言われるかもしれませんが、本書ではこれらの現状を踏まえ、選者が心得ていなければならない基本的なことだけに触れておきます。

1. 選者は常に真摯な態度で"作品に対峙"しなければなりません。
2. 作者名や先入観にとらわれることなく"公平"でなくてはなりません。
3. 常日頃から、選者としての素養を高める"努力"を怠ってはなりません。

　ただし、3についてはあまり深刻に考えないで欲しいと思います。句会などで先輩の"選"をじっくり聞き、観察して、その良いところを積極的に吸収していく態度があれば自ずと成長していくものです。
　もう一つ、選者には披講の役割があります。そこで、披講の際に注意すべきことを列記しておきたいと思います。

1. 披講の際、一気に読むのがいいのか、どこで区切るのが効果的なのかを披講前に予め調べ、目立たない印を入れておくことをお勧めします。
2. うつむいて披講しないことです。会場が広い場合など、後方まで声が通らないことがあります。加えて、言葉ははっきりと発音すること、マイクなど使用する場合は、音量などにも注意を払うことです。

3 作品に対して過剰な思い入れをして、詠嘆型になったり、自己陶酔に陥ったりしないようにしましょう。

　選者は作品を正確に披露することが第一の役割であり、壇上で演技する人ではありません。

　ベテランといわれる選者も初回から完璧に "選" が出来たわけではないと思います。失敗を繰り返しながら、一歩一歩階段を踏みしめて、ベテランの域に到達されたに違いありません。月例句会などで選者を依頼された場合、断るのではなく、前向きに引き受けることをお勧めします。選をすることによって、川柳眼が育まれることは確かです。また、句会主催者もベテランも積極的に初心者を応援し、川柳界の選者の密度を高め、川柳全体のレベルアップに貢献して欲しいと思います。

　なお、披講する前に長々とお喋りするのはよしましょう。投句者は自分の作品が披講されるのを今か今かと待っているのです。ましてや、"佳作ばかりで選に苦労しました。そこで自分の好みで選ばせて頂きました" とか、"経験の浅い私ですが、一所懸命選びました" と謙遜気味に前置きされる方がありますが、このようなあいさつはかえって投句者を不安にさせ、一方では選者の重みを軽くすることに繋がります。初めての選でも堂々とやりましょう。

　現在、多くの句会において出句は無記名で行われます。恐らく選者が選を公平に行えるように配慮された結果だと思います。しかし、一方では、記名出句があってもいいのでは、という意見があります。選者は作品と作者に毅然と対峙できるだけの力量をもつべきである、ということでありましょう。

　しかし、恩師や先輩の記名作品を前にまったく動じない人は少ないと思います。また、大会などで悪い意味での仲間意識や "貸し借り" などの醜聞があるのも事実です。大会などでこの記名出句が導入されるのは時期尚早であると思いますが、このような考え方があることを知っておくことはそれなりにいいことかもしれません。

====== One Point Lesson

当込み

　その時代の流行語を巧みに取り込んで、一見斬新な句のように仕立てること、また、句会において入選するために、選者の好みや癖に合ったような句をつくることを言います。このような作句態度では上達しません。

　人はそれぞれ個性があり、好き嫌いがあります。選者も自分自身のこのような個性はできるだけ殺して、中立的立場でいい句を選んでいると思いますが、癖や好みは簡単に変わるものではありません。また、川柳は正解と不正解が明確ではありません。このような世界ですから多少の不満は残るかも知れませんが、作者も大らかな気持ちで"当込み"など考えず、個性的な作品を世に問うことです。

　当込みの作品は、作者自身も愛着がもてないのではないかと思います。作品は選者に問うのではなく世に問うものです。

鑑賞文を書こう

　多くの川柳吟社の機関誌には前月号の雑詠の鑑賞文が掲載されています。感想文は各吟社の指導的立場の方が担当したり、外部のベテラン作家に依頼しているようです。それぞれ良いところがありますが、土浦芽柳会（土浦市）のように会員全員がローテーションで感想文を書いているところもあります。この方法の良いところは、担当者が会員全員の雑詠の中からそれぞれ一句を選び、そのすべてに感想文を書くことにあります。雑詠数句の中から一句を選ぶという作業は選者の仕事に通じるものがあります。また、感想文の長さはおよそ七十五字以内となっておりますので、担当者は言葉を選び表現に工夫をします。この作業は十七音に制限される川柳の作句の向上に役立ちます。入会後間もない初心者の方には荷が重いことかもしれませんが、鑑賞文を書くことにより、知らず知らずのうちに川柳眼が育まれるようです。

　川柳会のレベルは会員一人一人のレベルのトータルだと思います。どのような活動でも結構、川柳の発展に繋がるユニークな試みがあれば、積極的に実行しようではありませんか。

Lesson 24 七五（五七）調のリズム

① 日本語の音の特徴

　リズムは音で刻まれます。この音には発音上の頂点があり、その頂点はメトロノームのように等間隔で刻まれます。したがって、音は発音上の刻みの最小単位ということができます。日本語の場合、各発音の占める時間の長さ（音と音の間の長さ）が等間隔（等時間）であるので、音の数を数えることができます。促音や長音、拗音、撥音も同じ長さで発音されます。指を折りながら川柳や俳句、短歌などを作ることができるのはこのためです。

　　　例 日本語で "電車が来ました" のリズムは
　　　　　　で・ん・しゃ・が・き・ま・し・た

と、音と音の間は等間隔（等時間）で読まれます。早く読んでも、遅く読んでも、音の時間的間隔が短くなるか、長くなるかの違いで、リズムは変わりません。

　一方、英語では一シラブルを一音として数えますが、日本語では通常数音になります。例えば、英語を日本語読みで書いてみますと

　　　　◆ 一シラブルの英単語
　　　　　strike（ストライク　五音）　blue（ブルー　三音）
　　　　　cream（クリーム　四音）

　　　　◆ 二シラブルの英単語
　　　　　baseball（ベースボール　六音）
　　　　　blackboard（ブラックボード　七音）

　このように、シラブルを数えても五七五のリズムは生まれません。このように、日本語は七五（五七）調の特徴的なリズムを作ることができる言語といえます。

② 日本語は二音が基調

　音声言語は音が組み合わされて形成されます。日本語には、あ！ え？ じゃ、のように一音でも音声言語は可能ですが、二音に延ばすことにより、あるいは、一音の後にポーズ（休止／以後〇で示す）を入れると発音しやすくなり、聞き取りやすくなります（あー、えー、じゃーのように）。これは多くの日本語の発声言語は二音が基調であることを示しています。

　◆ "目見て" は通常、"めみて" ではなく、"めーみて、め〇、みて" と二音基調で発音されます。

　◆ バラが咲いた、バラが咲いた、もまた二音基調に分解されます。
　　　バラ、が〇、さい、た〇、バラ、が〇、さい、た〇（二音基調）
　　これを、音声上の単位である文節で示すと、
　　　バラが〇、さいた〇、バラが〇、さいた〇（文節）

③ 名詞と名詞を結ぶ助詞はリズムを作る

　名詞と名詞を直接結ぶと発声しにくいが、間に助詞を入れると発声しやすくなり、リズムが生まれます。川柳においても同じことが言えます。

　　　　　バラ花→バラの花（バラ　の〇　はな）
　　　　　　　（文節では、バラの〇　はな）
　　　　　桃花　→桃の花（もも　の〇　はな）
　　　　　　　（文節では、ももの〇　はな）

④ 四音は日本語の一つの枠組み

　二音基調は日本語の発音単位でありますが、四音になるとさらに落ち着いたリズムを生みます。「日本語アクセント辞典（林大）」で見出し語の音数を調査した結果があります。

二音語	4.8%
三音語	22.8%
四音語 (二音語＋二音語を含む)	38.8%
五音語	17.7%
六音語	11.0%

　この結果は四音という単位が日本語の表現単位としてまとまりやすいことを示しています。外来語の短縮形やオノマトペ（擬態語あ

るいは擬音語）にも四音が多くみられます。四音に満たないオノマトペは安定感に欠け、躓いた感じになるので、多くは"と"をくっつけて発音すると聞き取りやすくなります。

短縮語：エアコン、パソコン、コンビニ、日銀、
　　　　　国体、バス停、うな丼、東大、万札

擬態語：キラキラ、ワンワン、ちらほら、
　　　　　ピョンピョン、ざあざあ、べろべろ、

"と"をつける：じろっ→じろっと
　　　　　（じろっ見る、ではなく、じろっと見る）同じように、
　　　　　ぎくっ→ぎくっと（する）、
　　　　　ぽたん→ぽたんと（落ちる）、

　四音語の構成は二音と二音の組み合わせばかりではなく、一音と三音や三音と一音の組み合わせもあります。しかし、二音・二音の語と同じ区切りの発音となることが多いようです。

　例えば、"葉桜"は"は・ざくら"ではなく"はざ・くら"と発音しています。同じように、"間違い"は"まち・がい"、"目薬"は"めぐ・すり"、"武蔵野"は"むさ・しの"、"子どもら"は"こど・もら"、"椎の木"は"しい・のき"のように。

⑤ 八音単位の日本語もリズムはいい

　八音は四音の組み合わせです。八音の単位は一つのリズムの周期的なまとまりを形成するので拍節といわれ、単語から文章への移行過程にあたります。リズミカルな文章は拍節が形成されることにより生み出されます。

　例えば、
　　　てんでんばらばら、ふんだりけったり、
　　　がったんごっとん、放送大学、大学紛争、神仏混淆
　　　川柳入門、大山鳴動、高校入学、人生相談、音楽鑑賞

なお、八音の言葉の繰り返しも調子がいいので、宣伝文句や標語などに多用されます。

例えば、
小さな親切大きなお世話よ
井の中の蛙大海を知らず

このように日本語の音調は偶数音調でもリズムはとれるのですが、なぜ短詩は昔から奇数音調の七五（五七）調が好まれたのでしょうか。

— One Point Lesson

英語で川柳

五七五のリズムを持つ川柳は日本固有の文芸です。このリズムは外国語にありません。しかし、英語に訳した川柳は散見します。下記は川村安宏氏が自作の川柳を自ら英訳されたものです。俳句や短歌も同じような訳し方のようです。

Once out of the chimney
into the vast sky
smoke gives a sigh of relief.
◨大空に出ると煙はほっとする

A poor cockroach is killed
for doing nothing but
taking a stroll.
◨散歩しただけでゴキブリ殺される

As if refusing
to be trimmed, the tree
bears flower buds.
◨剪定をこばむが如く花芽つけ

Yasuhiro Kawamura：「FIRST　LEAVES」から

6 七五（五七）調は "切れ" が命

　日本語の拍節は半音（半拍）あるいは一音（一拍）のポーズを含み、このポーズは等時的な特性を持っています。このポーズがリズムに "切れ" を生じさせる原因と言われています。

　　例えば、
　　　　チクタク〇チクタク〇、チクタク〇チクタク〇

と四音の後にポーズが入りますと、リズミカルになり、何回繰り返して読んでも疲れません。また、三三七拍子もポーズがあるからリズミカルな調子が得られます。

　　　　　　一二三〇、一二三〇、一二三四・五六七〇

　次に、連続八音と連続七音を "タタ" という音で、声を出して繰り返してみましょう。

　　　連続八音　：　タタ　タタ　タタ　タタ
　　　連続七音　：　タタ　タタ　タタ　タ〇

　八音の繰り返しもリズムは決して悪くありませんが、単調でだんだん重苦しくなり、次第に四音・四音に分断されそうになります。こうなると拍節は壊れます。これに対して七音は一音欠けている分 "切れ" がよく、繰り返しても七音のリズムが壊れません。この欠けた一音は実音ではなく、リズムの "慣性" によって補われ、この異質な一拍によって単調さが免れる、と説明されています。六音より五音の方がリズムをとりやすいこともおなじように説明されます。

　　　連続六音　：　タタ　タタ　タタ
　　　連続五音　：　タタ　タタ　タ〇

このように七五（五七）調は日本語の特性、すなわち、七音と五音にポーズが一音入ることによって、実音を含まない八音、あるいは、六音が形成され、リズムが形成されると言えます。一拍のポーズが七五（五七）調の命であり、古来日本人の感性に合った歌のリズムと言えるようです。

One Point Lesson

趣味の会の組織運営

　日本は高齢者社会を迎え、各地にさまざまな趣味の会が誕生しています。

　その組織は大小さまざまで、運営方法も千差万別です。ただ、趣味の会はちょっとしたことで、運営が麻痺し、組織の維持ができなくなることも稀ではありません。理由はいろいろでしょうが、多くは会長（あるいは代表）が後継者を育てなかったところにあると思われます。もう一つの理由として、代表者の我意我欲が強くて組織内の風通しが悪くなり、会員の声が無視されることも考えられます。また、会の運営のマンネリ化が会の魅力喪失に繋がっている場合があるかもしれません。一般会員は概して無責任なもので、面倒くさいことは幹事にお任せで、気にくわないことがあればさっさと退会なんて珍しくありません。このような会員をどのように引き留め、会のエネルギーに転換するかが会長を含む幹事の大きな役割です。

　趣味の会は給料で縛られている会社組織とは違います。警察、軍隊のように命令遵守の組織とも違います。

　代表者あるいは幹事は常日頃から後継者育成に努め、一方では会員の意向を最大限に勘案し、その総意に基づく運営を心掛けることです。幹部の若返り、積極的な新人の登用も会の活性化の起爆剤になるかもしれません。また、会員の意向や気運を察し、趣向を凝らして会のマンネリ化防止に努めることだと思います。

Lesson 25 川柳の流れを辿る

① 日本語の音数とリズムの特徴

　日本人がまだ文字を持っていなかった頃でも、人々は言葉と記号と音楽を生活の中に取り入れていたでしょう。その後、大陸から文字が入ってきて、言葉や記号を文字に当てはめると大きな社会変化が起こり、言語活動も活発になり、文芸の誕生に繋がっていったと考えられます。

　一方、会話は言葉を繋ぎ合わせることで行われます。そこには当然息継ぎが必要なため、言葉と言葉の間に間（ポーズ）が入ります。一回の息継ぎで無理なく発声される言葉の音数は、それ程長くはなく五〜六音位ではないでしょうか。これを裏付けるように、日本語の言葉（単語）で最も多い音数は四音で言葉の約40％、次は三音で約23％、五音が約18％と算出されています（91頁の表参照）。

　日本語のもう一つの特徴は、音と音の間は等間隔であり、早く読んでも、遅く読んでも、音の時間的間隔が短くなるか、長くなるかの違いで、そのリズムは変わりません。加えて、若干の例外はありますが一字が一音ですので字数で音数を数えることができます。また、無意識のうちに表音文字が母音を含んで発音されます。例えば、"か・き・く・け・こ"も、普通に発声すると"かあ・きい・くう・けえ・こお"と母音を含んでいます。この母音を意識的に抑えると、歯切れのいい発音になりますが、一方、発声上の柔らかさに欠けるようになります。この発声上の特徴は日本語のリズムと音感に大きな影響を与えています。

　これらのことを総合的に考えると、七五調（五七調）は、日本語の言葉と音節と文字数が偶然一致した自然発生的なリズムと言えます。この日本語特有のリズムと音感が、七五調の短詩の誕生と発展に大きく影響したと思われます。

② 和歌・連歌の誕生

　和歌は、漢詩に対して生まれた日本特有の詩歌であり、短歌（五七五・七七）・長歌（五七・五七・五七・七）・旋頭歌（五七七・五七七）・片歌（五七七、主に問答として楽しまれ，二句合わせると旋頭歌になる）などの総称であり、どれも基本リズムは七五調であります。その後、文芸としては短歌だけが残り、今では、和歌と言えば短歌を指すようになりました。短歌が民衆の中に定着した頃、短歌の長句（五七五）と短句（七七）を二人で問答唱和する合作文芸が盛んになり、連歌と呼ばれるようになりました。連歌は当時歌人が余興的・遊戯的に楽しむようになり、万葉集にも収載されています。やがて連歌は、複数の人によって、第三句以降を連ねる長連歌の形式が生まれました。長連歌には三十六句を連ねた "歌仙"、四十四句を連ねた "世吉" の他 "五十韻"、"百韻"、"千句"、"万句" などの形式もあったようです。長連歌は鎌倉時代になると広く普及し、連歌の宗匠的な人（連歌師）が現れ、式目も出来、芸術詩としての地位を確かなものとしました。しかし連歌は、室町時代まで盛行しましたが、江戸時代になると衰退しました。

③ 川柳の誕生

　連歌を形式的に見ると、第一句を発句、第二句を脇句、第三句を第三、以下を平句、最終句を挙句、所定の数に達したものを一巻と言いました。俳句は、この連歌の第一句が独立したもので、当初これを「俳諧の句」と言っていましたが、正岡子規がこれを「俳句」といって盛んに使用したことから、俳句という言葉が一般化しました。

　一方、連歌の脇句を前句として、それに続く長句を作る "前句付" に関心が集まり楽しむようになりました。これを「付句あるいは前句付」と称しました。その後、付句が単独で内容的にも独立性を持つようになり、後に "川柳" といわれる短詩へと発展していくことになります。

例 長句（前句） 切りたくもあり切りたくもなし

付句 盗人を捕らえてみれば我が子なり

→独立して川柳へ

さやかなる月を隠せる花の枝

→独立して川柳へ

　1750年頃になりますと、柄井八右衛門が江戸で前句付の会（万句合）を行い、その点者（今で言う選者）となり、号を"川柳"と称しました。彼は公平な選を行い、選ばれた作品も優れていたため人気を博し、彼が点者のときは"川柳評万句合"と言われるようになりました。他にも人気のあった万句合としては、"収月評万句合"が知られています。

　1765年、呉陵軒可有の編による「誹風柳多留」初篇が、星雲堂の花屋久次郎により出版されました。選句は柄井川柳で、この中から前句を取っても意味の分かる作品を呉陵軒可有が選び編集したものです。「誹風柳多留」は1838年まで一六七篇続きましたが、このうち、初篇から二十四篇までが内容も高く評価され、通常"古川柳"と言えば、この二十四篇までの作品を言います。これ以降の作品は、不特定多数の人が選を行い、作品も低俗化したため、"俳風狂句"とか"柳風狂句"といわれています。次によく知られた古川柳をいくつか紹介します。

　　母親はもったいないがだましよい
　　降る雪の白さを見せぬ日本橋
　　泣き泣きもよい方を取る形見分け
　　役人の子はにぎにぎを能く覚え
　　子を抱けば男にものが言いやすし
　　蟻ひとつ娘ざかりを裸にし
　　鶏の何か言いたい足づかい
　　女房と相談をして義理をかき
　　神代にもだます工面は酒が入り

柄井川柳没後は、彼の長男が二代目川柳となり、以降三代目川柳、四代目川柳と言いました。また、柄井川柳没後も川柳派の人たちが万句合興行をしていたので、他の前句付点者と区別する意味もあって、"川柳風"という名称が使われ、川柳の世襲制と相俟って、川柳という言葉が自然に固定化していきました。なお、世襲制は、その後の文芸活動とは別に今も引き継がれ、東京川柳会顧問・脇屋未完子氏の第十五代目川柳から十六代目に継承されています。

④ 現代川柳の幕開け

　人見周助が四代目川柳を襲名した頃から、川柳は狂句時代に入ったと言われています。当時はまだ川柳という文芸の名称が定着していなかったので、四代目は "狂句" という名称を創案し、"俳風狂句" と称えたので、四代目は狂句の元祖と言われています。また、四代目は、柄井川柳を供養するために、東京都墨田区向島の木母寺境内に「俳風狂句元祖・川柳翁之碑」を建立しました。ここから、川柳は狂句という名称になり、明治後半まで約百年この名称が使われました。このように狂句の時代が約百年も続いたのは事実ですが、なぜ百年も続いたのでしょうか。現在この "狂句百年の時代" を良く言わないようですが、継続されるには大衆にそれなりに受け入れられていたのではないでしょうか。しかし、この課題に触れ、明快に解説した川柳入門書は見当たりません。文学史的に誰かがこの課題に触れ、専門書に記載されているのかもしれませんが。

　明治末期、阪井久良伎と井上剣花坊が登場。この二人が狂句時代にストップをかけました。1904年、久良伎は自宅で第一回の句会を開催し、久良伎社を設立、翌年機関誌「五月鯉」を刊行、狂句時代を脱しようとする運動がスタートしました。時を同じくして、剣花坊も柳樽寺川柳会を設立、機関誌「川柳」を発刊、後に「大正川柳」と改称し、新しい川柳界をリードしていきました。共に、「柳多留」の精神に帰ろうと呼びかけ、"狂句百年の負債を返せ" と唱えたといわれます。

このような運動が川柳改革を推進し、大正時代に入ると狂句は衰退し、ここに新しい方向性を持った川柳が萌芽しました。

阪井久良伎　五月鯉四海を呑まんず志（市川市の国分寺の句碑）
　　　　　　焼土の底から芽ぐむ江戸の春（東京大震災を詠む）
　　　　　　広重の雪に山谷は暮れかかり（三囲神社の碑）

井上剣花坊　関所から京へ昔の三千里（白河関所跡の碑）
　　　　　　我ばかり燃えて天地は夜の底
　　　　　　心中を思い止ると寒くなり

⑤ 新傾向川柳

　1909年、森井荷十（かじゅう）が矢車会を設立、機関誌「矢車」を創刊しました。この会に参加した代表的な人たちとして、浅井五葉・川上三太郎・岸本水府・小島六厘坊・木村半文銭・川上日車らが名を連ねています。何れも二十～三十代の青年たちで、当時"矢車派"と呼ばれ、ここに新傾向川柳が台頭しました。「柳多留」は客観的な世界を作句の対象とし、傍観的な作品が多かったのですが、新傾向川柳はもっと自己内面への追求を試みました。また、川柳の形式に拘らぬ自由律への挑戦も試みました。しかし、この運動は間もなく衰退しました。理由として、個々の作家が若く社会経験に乏しかったこと、理想の追求が空回りしたことなどが挙げられ、当時の作家たちもこのことを認めています。ただ、次の"新興川柳"への橋渡しの役割は十分に果たしたと評価されています。

森井荷十　　また今朝も新聞が来ている悲し
浅井五葉　　行き倒れなるほどという姿にて
小島六厘坊　この道やよしや黄泉に通うとも
川上日車　　死灰のぬくみ　これが吾子の喉仏
木村半文銭　うずたかき　官報の中の　ひとり　ひとり

6 新興川柳

　新傾向川柳に対して物足りなさを感じていた森田一二らが、1922年に機関誌「新生」を、田中五呂八らが「氷原」を、木村半文銭らが「小康」を創刊、ここに新興川柳が名乗りを挙げました。既成川柳を客観性・平面性と位置づけ、これらは"惰眠をむさぼるもの"と評しました。これを機に、新興川柳を標榜する川柳結社は全国に広がり、賛同する多くの作家が生まれました。この時代に特に脚光を浴びたのが鶴　彬でした。しかし、日中戦争勃発を契機に、軍国主義が全国を風靡し、言論弾圧の波は川柳界にまで及びました。この間、剣花坊や五呂八らの有力な指導者を失い、新興川柳が掲げる理想も時代の波に飲み込まれていき、川柳界も暗い時代を迎えることとなりました。

　　　森田一二　　朝顔の蔓鉄窓に伸びてやれ
　　　鶴　　彬　　的を射るその矢は的と共に死す
　　　田中五呂八　人間を摑めば風が手にのこり
　　　白石朝太郎　降るだけの雪積もらせて山眠る
　　　高木夢二郎　人殺す正しさなどは　世にあらず
　　　井上信子　　草むしり無念無想の地を広め

7 第二次世界大戦後の川柳

　大戦終結を機に川柳界にも自由の波が押し寄せ、弾圧下にあった革新的な作風も一気に息を吹き返しました。その先陣を切ったのが河野春三と中村冨二でした。春三は「私」を創刊、その後「人間派」「天馬」「馬」などに拠って、批判精神に基づく人間探求を志向しました。冨二は「鴉」を創刊、その後「人」などに拠ってアイロニーを作句の根底において創作活動を展開しました。やがて、革新的川柳派がまとまり、「現代川柳連盟」が結成されましたが、委員長の今井鴨平の死去とともに、連盟は事実上解散しました。昭和22年、石原青竜刀が「すげ笠」に川柳非詩論を発表、"穿ち"こそが川柳の最重要要素であると主張、当時再考されつつあった柳俳無差別論に衝撃

を与えました。このように、今で言う柳論も戦後次第に活発になっていきました。

河野春三	煙草巻く手つき出世もせぬ手つき
今井鴨平	草の実の春ある土を疑わず
中村冨二	パチンコ屋おや貴方にも影がない
石原青竜刀	戦後は終る原色の群れ海へ海へ

⑧ 六大家の登場

　時代は少し溯りますが、明治二十〜三十年の間に、将来六大家と言われる作家が生まれました。いわゆる新傾向川柳〜新興川柳時代を肌で感じながら生き抜き、現代川柳の基礎を築き、戦後、現代川柳の花を大きく開花させた巨頭たちです。彼らは生まれもほぼ同時期、活躍した時代も同じ、そして昭和四十〜四十五年の間に全員が世を去りました。現在全国には五百社以上の川柳結社があると言われ、この中にはこれら大家の流れを汲む結社も多いと思われます。

　◎ 六大家を出生順に、また彼らが創立に関わった結社。
　　　麻生路郎　　1888 〜 1965年（川柳塔社）
　　　村田周魚　　1889 〜 1997年（川柳きやり吟社）
　　　椙元紋太　　1890 〜 1970年（ふあうすと川柳社）
　　　川上三太郎　1891 〜 1968年（川柳研究社）
　　　岸本水府　　1892 〜 1965年（番傘川柳本社）
　　　前田雀郎　　1897 〜 1960年（都川柳会・丹若会）

　次に六大家の川柳に対する考え方を「現代川柳ハンドブック」の〈現代川柳略史〉（堺利彦執筆）他から抜粋・要約して紹介します。

　▼ **麻生路郎**　彼は「何事によらず専門家がいて、専心それに打ち込まなければ、そのものの発展は望まれない」と断言して、川柳を職業とすることを宣言しました。また「川柳とは自然の性

情を素材とし、それを平言・俗語で表現し、人の肺腑を衝く人間陶冶の詩である」と意義付け、"命ある句を作れ"と呼びかけました。

俺に似よ俺に似るなと子を思い
子よ妻よばらばらになれば浄土なり
古くとも僕には仁義礼智信

▼ 村田周魚　彼は「生活から生まれる川柳であればこそ人間の真実な心に触れることができる」と言い、この精神を一貫して追求しました。また、戦前、多くの機関誌が筆禍を受ける中、句会報を発行し続けました。そして機関誌「きやり」は、初心者・ベテランを含むみんなのものであり、常に全体を見て作らなければならないと諭しました。

二合では多いと二合飲んで寝る
電柱に犬を真似てるいい月夜
盃を挙げて天下は廻りもち

▼ 椙元紋太　彼は機関誌「ふあうすと（創刊号）」に「自らの姿をありのまま表現することに努めよ」と書いています。また、「川柳は人間である」をモットーに川柳の輪を広げ、多くの作家を育てました。

電熱器にこっと笑うようにつき
恋文を書いた手母の肩をもみ
蠟燭は叱られてからしゃんと持ち

▼ 川上三太郎　彼は「詩性川柳も時事川柳も、これ共に川柳の一枝の一本に過ぎぬ」といい、作家の個性を尊重しつ、川柳の普及に努め、多様な個性作家を世に送り出しました。また、「川柳にはユーモアが必要だ」と言っています。

孤独地蔵花ちりぬるを手に受けず
酒うまし人につたえることもなし

身の底の底に灯がつく冬の酒

▼ **岸本水府**（すいふ）　彼は「本格川柳とは、伝統だけではなく、むしろそれ以外の近代的感覚を自由に取り入れ、古川柳にはなかった詩感やものの感じ方・人生観を謳った十七音字の道」と言いました。また、彼は「川柳界には過去三つの運動があった」と分析し、これに第四の運動を加えました。第一が、川柳の文学性の追求。第二が、古川柳の原点に返ること。第三が、川柳ではなく、新時代に相応しい名称をつける。そして第四が、川柳への偏見の是正である。彼はこの第四の運動で排除すべき事柄として、「不真面目な柳号・天地人の階級制・懸賞目的の作句」を挙げ、これらは旧来の陋習であると言っています。そして、「我々は今こそ協力して川柳は文学であることを世に知らしめなければならない」と主張しました。

　　　ぬぎすててうちが一番よいという
　　　電柱は都へつづくなつかしさ
　　　一握り握った雪に音がする

▼ **前田雀郎**（じゃくろう）　彼は「川柳には俳諧精神が重要である」と説き、「川柳があらゆる人々の共感を得ているのは、この詩が没個性の詩であるからで、これこそ川柳が社会性を持つ所以である」とも言っています。彼は戦前、日本川柳協会の設立に力を注ぎ、初代委員長に就任しましたが、戦争の激化に伴い、協会は日本文学報国会川柳分科会と名称を変え、大政翼賛へと組み入れられました。戦後協会そのものが消滅しました。

　　　涙とは冷たきものよ耳に落つ
　　　雲一つ十五夜にある素晴らしさ
　　　後からの知恵の石蹴る帰り道

⑨ 女性作家の登場

　古来日本では、政治・社会の中心は男性が担うという風潮がありました。文学の分野で、特に女性が弾圧されていた訳ではなく、小説・エッセイ・詩歌の分野で活躍した女性もいましたが、男性優位であったことは事実です。戦後、男女同権が確立し、各分野における女性の活躍が著しく、川柳界も例外ではありません。特に、女性のストレートな本心の吐露は川柳界を驚かせました。この勇気ある女性の活動を支えたのは、川上三太郎であり、斎藤大雄たちでした。川上三太郎は、「戦前の女性の句は、従来の男性の句を単に伝承しているかに見えたが、戦後の女性の句は、女性が女性に還った」と言い、さらに三太郎は「女性の句とは、作者が女性ということではなく、句が"おんな"でなければならない」といって女性を鼓舞しました。その結果ともいえますが、女性が女の性（さが）を大胆に表現するようになり、大雄がこれこそ情念川柳の本質であると賛美し、女性だけが描けるエロチシズムの分野が定着しました。彼女たちの代表的な作品を下記に挙げておきます。

子にあたふ乳房にあらず女なり	林ふじを
こともなく今朝もかきあげられた髪	三笠しづ子
子を産まぬ約束で逢う雪しきり	森中惠美子
純潔をわれのみ守り来しおかしさ	笹本英子
夫にもう隠すものなし滅ぶのみ	時実新子
老いてなおバラの香に酔う萎え乳房	城田美佐子
抱きしめるだんだん短くなる手足	浜本美茶
抱いて下さい置物でない私	塩谷幸子
ほどかれて帯も私も蛇になる	庄司登美子
上を向く乳房まだまだ女です	武内そのみ
女の周期乱すお方にまだ逢えず	窪田和子

One Point Lesson

誹（俳）風末摘花

　古川柳の中から恋愛に関する句を抜粋して編集したものです。よい句もあるが、性を赤裸々に描写した句も多く、末摘花と言えば"艶笑川柳"と評されました。1776年に初編が編集され、1801年までに四編が刊行されました。俳風末摘花は編集者が敢えて名を隠し、珍本めかしたため、水野忠邦が中心となっていった天保の改革では淫書として弾圧されましが、1950年（昭和二十五年）に解禁になりました。

十四字詩

　十四字詩（短句、七七句ともいう）は七七の音数からなる短詩です。
　既に江戸時代（1750年）、慶紀逸によって十四字詩を収録した「誹諧武玉川」が編集され、初編から十八編まで刊行されています（「誹諧武玉川」の中には五七五の句も収録されています）。十四字詩は、歯切れのいいリズムが特徴です。近年、佐藤美文氏らの積極的な取り組みにより十四字詩のファンも増え、短詩文芸の一角を占めるようになりました。

親の聞いてはならぬうわ言	（武玉川五編）
美しすぎて入れにくい傘	（武玉川五編）
勘当許す母は着飾り	（武玉川六編）
他人に言ってもらう養生	（武玉川七編）
女のいない酒はさみしき	（麻生路郎）
いつものとこに座る銭湯	（前田雀郎）
肉を切らせて離婚勝ち取る	（望月　弘）
巣から出たがる巣を恋しがる	（城後朱美）
ねぐらへ急ぐ片減りの靴	（嶋澤喜八郎）

狂歌・狂句

　狂歌（五七五七七）、狂句（五七五）とも当初は言葉遊びとしてその諧謔性を気楽に楽しんでいたと思われますが、次第に駄洒落や罵詈雑言、露骨な性風俗描写が主流となって大衆化し、文芸としての価値は失われました。

　川柳は狂句・狂歌と同じように、歌材・着想・用語などに規制がありませんので、つい興味本位になり、品位をおとしがちです。このことは既に歴史が示しているところです。狂句・狂歌のすべてが悪いと言う訳ではありませんが、川柳がこれらの悪いところに感化され、堕落しないようにしたいものです。

●実践10

　東西の句、例えば①と②を対比させ、指名された人が理由を付して勝敗を決する方法です。もし、判定に不満があれば、勝敗は参加者全員の多数決で決めてください。同体（同数）の場合は、司会者が行司役となり白黒をはっきりさせます。

　作品は「新類題別番傘川柳一万句集」より選びました。作者名は表の下に記載しておりますので必要があれば終了後参考にしてください。

東	西
① もう一度頭冷やせと陽が沈む	② 夕焼けよまた母さんを泣かせたな
③ 八月の雨が知ってる黒い雨	④ 夕立の中突き抜けてゆけ野心
⑤ 言葉みな詩人にさせる秋の色	⑥ ときは秋みんなちょっぴり芸術家
⑦ 今だから話せる古い傷もある	⑧ 川に流す過去が杭から離れない
⑨ 神様に少し飾っている本音	⑩ それからを神に祈っている微罪
⑪ 拳骨を教務日誌が耐えている	⑫ 捨て場ない拳教師も耐えている
⑬ 嘘一つ許してからの子の歪み	⑭ 子も釘もまっすぐに打つ難しさ
⑮ 自画像に笑顔を少し加筆する	⑯ 似顔絵が悪い方へと似て困る
⑰ 補欠でも頑張る孫のお弁当	⑱ スコアには触れず奮闘褒めてやる
⑲ 風船の紐を放して軽くなる	⑳ 風船よどこへ午後から風がやむ
㉑ 旅日記妻に内緒の一ページ	㉒ 本当の名を書きますか旅の宿
㉓ 愛にためとても悲しい嘘をつく	㉔ 愛もまた嘘かもしれぬ赤いバラ
㉕ 抱いて下さい置物でないわたし	㉖ 産むつもりもう他人ではない二人
㉗ 愛は願望恋は錯覚だよきっと	㉘ 愛は錯覚ドラマのような恋はない
㉙ 低温火傷続いています片思い	㉚ 楽しくてやがて切ない片思い
㉛ 地吹雪に遭う道ならぬ恋の果て	㉜ ぼろぼろになって抱かれに来た港
㉝ 旧姓に戻りましたと明るい字	㉞ 離婚してあの微笑みは何だろう
㉟ 鬱憤を晴らす不要な皿がない	㊱ 皿割ってすむ怒りです仏様
㊲ 返せない親切だから断ろう	㊳ 親切を借りと思っている不幸
㊴ 心少し曲げると世間面白い	㊵ 善人の列に並んで風邪を引く

※実践 10 の作品の作者名です。

①原田順子	②進藤すぎの	③河合時弘	④星野かよ	⑤山路節子	⑥本田美智子
⑦竹澤 茂	⑧入佐ユイ	⑨橋本石童	⑩筒井洋志	⑪栗原文絵	⑫船尾まつえ
⑬佐々木京子	⑭石井道子	⑮西江亜記	⑯隅田外男	⑰石谷登美代	⑱利光克比呂
⑲西村 弘	⑳岩井澄子	㉑上田 仁	㉒松本あや子	㉓近田定子	㉔伴 洋子
㉕塩谷幸子	㉖津田吾小子	㉗長江時子	㉘柿原昭一	㉙上鈴木春枝	㉚浅木邦子
㉛池田よし一	㉜松本初太郎	㉝久山一文	㉞鈴木三郎	㉟横内帆三	㊱横井幸子
㊲江藤恭美子	㊳勝盛青章	㊴亀山 緑	㊵真弓一草		

Lesson 26 川柳用語索引

あ

あ 浅井五葉　100
麻生路郎　34, 102, 106
当込み　89
当て字　26, 47

い 石原青竜刀　101
一字空け　46
い抜き言葉　81
井上剣花坊　65, 99
今井鴨平　101
印象吟　66, 67
隠喩　35

う 穿ち　63, 64, 83, 84, 86

え 艶笑川柳　106

お オノマトペ　91, 92
音数　14

か

か 解説句　65
外来語　16, 33, 41, 91
革新川柳　33, 34
楽屋落ち　41
掛詞　33
雅号　25, 26, 27, 45
課題吟　36, 38, 43, 60, 62, 66, 74, 82
片歌　97
合評　69, 70, 72, 73
上五　33, 34, 74, 75, 76
柄井八右衛門　98
軽み　63
川上三太郎　100, 103, 105
川上日車　100
漢字の一字止め　78
換喩　35

き 岸本水府　19, 50, 63, 64, 65, 78, 100, 104
擬人法　31
木村半文銭　100, 101
記名　46, 48, 70, 88
狂歌　33, 107

狂句　99, 107
切れ字　28, 32, 46, 76

く 句会　17, 37, 38, 41, 44, 45, 47, 48, 49, 51, 52, 55, 70, 74, 85, 87, 88, 89
句材　15, 27, 30, 31, 33, 59, 61, 72, 85, 86
句箋　44, 45, 46, 47, 48
句跨ぎ　33, 34, 79

こ 口語体　28, 32, 77, 78
河野春三　101
講評　69, 70
五客　47
小島六厘坊　100
互選　69, 70, 73
古川柳　98, 106
呼名　26, 45, 47, 69, 70
呉陵軒可有　98

さ

さ 斎藤大雄　105
阪井久良伎　99
座五　33, 76
雑詠　18, 43, 50, 89
差別語　83
差別用語　27, 28
サラリーマン川柳　22, 25
三才　47

し 字余り　33
軸吟　48
時事川柳　27
七七句　106
し止め　77
字結び　41
下五　33, 74, 75, 76, 77, 78, 79, 80
下六の押し　80
謝選　48
自由吟　43, 50
終助詞　79
十七音　28, 33, 34, 55, 58, 63, 72, 81, 89

十四字詩　106
自由律　33, 34
ジュニア川柳　68
情念句　86
省略　29, 30, 41, 55, 65, 81
助詞　55, 58, 79, 91
助詞で止める　79
女性川柳　86
新傾向川柳　100
新興川柳　101
す 推敲　30, 39, 40, 55, 56, 60, 61, 65, 84
椙元紋太　19, 64, 103
スランプ　62
せ 席題　41, 44
説明句　65
旋頭歌　97
選後感　85
選者吟　48
川柳の三要素　63
そ 促音　14, 90
即吟　41

た

た 第一発想　39, 40
題詠　36
体言止め　79
田中五呂八　101
短句　97, 106
ち 長音　15, 90
長歌　97
長句　97
直音　14
直喩　35, 49
つ 鶴　彬　101
て 定型　33, 34, 68
提喩　35
と 動詞の終止形止め　78
動詞の連用形止め　78
同想句　38, 39
止め五　33, 76

な

な 中七　33, 74, 75, 76
中村冨二　101

難解句　29, 55
ぬ 抜く　38
抜ける　38, 51, 52, 74

は

は 誹諧武玉川　106
誹（俳）風末摘花　106
誹風柳多留　98
破調句　33, 34, 80
撥音　14, 90
花屋久次郎　98
ひ 披講　45, 47, 48, 68, 74, 87, 88
批判力　31
比喩　35
ふ 不快用語　83
文語体　28, 32, 78
文台　26, 45, 46, 48
ほ 没　38, 39, 51, 52, 54
没句　38, 51, 52, 54
没句供養　52
本歌取り　29

ま

ま 前句付　77
前田雀郎　20, 104, 106
前抜き　47
正岡子規　97
む 無記名　69, 88
村田周魚　46, 85, 103
め 名詞　58, 84, 91
も 森井荷十　100
森田一二　101

や

ゆ ユーモア　25, 39, 50, 63, 64, 84
よ 拗音　14, 90
詠み込み　36

ら

ら ら抜き言葉　81
り リフレイン　43
れ 例会　45
連歌　97
ろ 六大家　102

わ

わ 和歌　97
脇取り　45, 48

参考文献

大木俊秀著：「俊秀流　川柳入門」、社団法人 家の光協会

山本克夫著：「楽しく始める川柳」、金園社

復本一郎著：「知的に楽しむ　川柳」、日東書院

オール川柳編集部編：「新川柳入門」、新葉館出版

杉山昌善・渡辺美輪共著：「時実新子　川柳の学校」、実業之日本社

山藤章二・尾藤三柳・第一生命選：「平成サラリーマン川柳傑作選 ①」、講談社 α 文庫

東野大八著・田辺聖子監修・編：「川柳の群像」、集英社

坂野信彦著：「七五調の謎をとく」、大修館書店

今川乱魚編著：「三分間で詠んだユーモア川柳」、新葉館出版

東葛川柳会発行の機関誌：「川柳ぬかる道」

つくばね番傘川柳会発行の機関誌：「川柳つくばね」

つくば牡丹柳社発行の機関誌：「川柳白牡丹」

土浦芽柳会発行の機関誌：「川柳芽柳」

９９９番傘川柳会東京会場の句会報

新葉館出版：「川柳マガジン」

ＮＨＫ学園の機関誌：「川柳春秋」

尾藤三柳監修・日本川柳ペンクラブ編：「現代川柳ハンドブック」、雄山閣

　なお、私自身がいろいろなところで諸先生や諸先輩から教えて頂いたこと
を随所に書かせて頂いております。紙面をもってお礼を申し上げます。

00 あとがき

　浅学非才の私が川柳入門書のテキストを執筆すること自体おこがましいと思ったのですが、新葉館出版の竹田麻衣子さんのご助言とご鞭撻、当出版関係諸氏のご協力を仰ぎ、"改訂版" に続き "第三版" を出版するに至りました。ここに厚く御礼申し上げます。なお、本書が川柳普及の一助ともなれば望外の喜びです。

　本書を手にとって頂きありがとうございました。

平成30年8月

堤　丁玄坊

【著者略歴】

堤　丁玄坊（つつみ　ちょうげんぼう）

本名：堤　将和。

昭和12年（1937年）、福岡県八女市に生まれる。

鹿児島大学農学部卒業、九州大学大学院修了（農学博士）。コネチカット州立大学（米国）に留学。茨城大学教授、農学部長を経て、現在、茨城大学名誉教授。専門分野は食品化学、食品微生物学関係。

土浦芽柳会、つくば牡丹柳社、東葛川柳会、９９９川柳会所属。

著書に、川柳句集「大河」（2006年、新葉館出版）、「川柳の教科書」（2007年、新葉館出版）、川柳句集「日和」（2009年、新葉館出版）、「川柳の教科書 第二版」（2012年、新葉館出版）、「川柳作家ベストコレクション 堤丁玄坊」（2018年、新葉館出版）

スピードマスター
川柳の教科書
第三版

○

平成19年 2 月11日　　初版
平成24年 1 月17日　　第二版
平成30年10月29日　　第三版初版

著　者

堤　　丁玄坊

発行人

松 岡 恭 子

発行所

新 葉 館 出 版

大阪市東成区玉津 1 丁目 9-16 4F　〒 537-0023
TEL06-4259-3777　FAX06-4259-3888
http://shinyokan.jp/

印刷所

株式会社 太洋社

○

定価はカバーに表示してあります。

©Tsutsumi Chougenbo　Printed in Japan 2018
無断転載・複製を禁じます。
ISBN978-4-86044-510-2